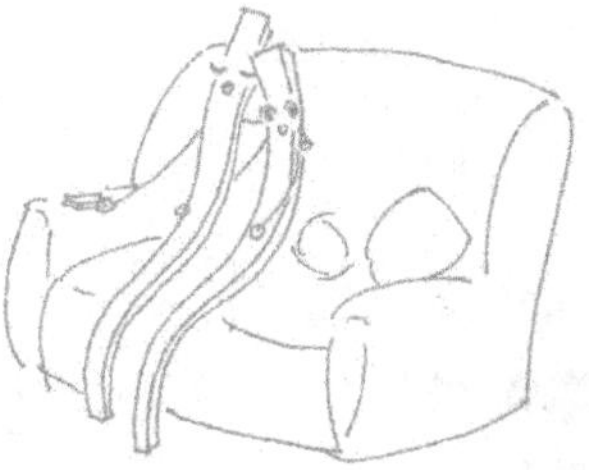

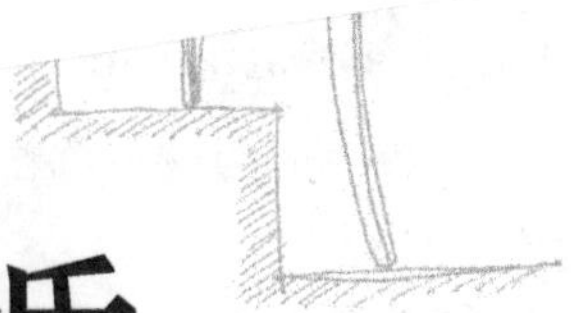

婚姻中的筷子哲学

愚心明 葛慧珠◎著

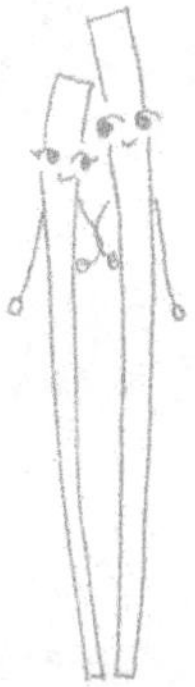

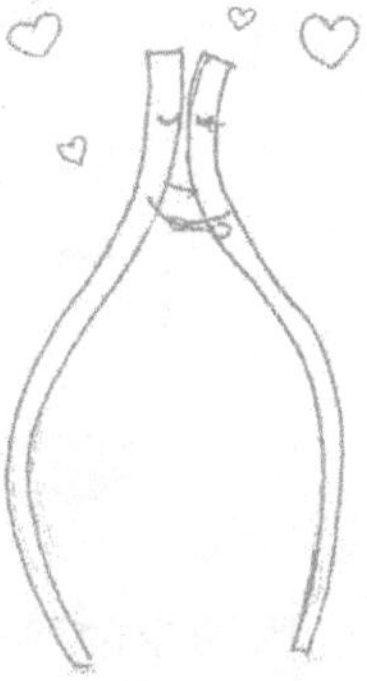

浙江工商大学出版社
ZHEJIANG GONGSHANG UNIVERSITY PRESS

图书在版编目（CIP）数据

婚姻中的筷子哲学 / 愚心明，葛慧珠著. -- 杭州：浙江工商大学出版社，2017.3（2018.1 重印）

ISBN 978-7-5178-2012-3

Ⅰ. ①婚… Ⅱ. ①愚… ②葛… Ⅲ. ①散文集 – 中国 – 当代 Ⅳ. ① I267

中国版本图书馆 CIP 数据核字 (2016) 第 326236 号

婚姻中的筷子哲学

愚心明　葛慧珠　著

策划编辑　郑　建
责任编辑　郑　建
封面设计　范昊如
责任印制　包建辉
出版发行　浙江工商大学出版社
（杭州市教工路 198 号　邮政编码 310012）
（E-mail: zjgsupress@163.com）
电话：0571-88904980，88831806（传真）
印　　刷　虎彩印艺股份有限公司
开　　本　710mm×1000mm　1/16
印　　张　10.25
字　　数　115 千
版 印 次　2017 年 3 月第 1 版　2018 年 1 月第 2 次印刷
书　　号　ISBN 978-7-5178-2012-3
定　　价　32.00 元

浙江工商大学出版社营销部邮购电话　0571-88904970

序　一

聆赏愚心明教授讲座“婚姻中的筷子哲学”后之感评

“一日三餐都要和我们面对的筷子，对于夫妇相处之道，具有什么样的联系？这是我将要带给大家的惊喜。”愚心明教授在一场演讲中的开场白这么说道。

当我们聆赏愚教授的陈述，或者说，当我们用思想细细品味他的“出口成章”，作为一个听众，我们会强烈感受到，他不仅带给大家强烈的惊喜，更重要的是，这份惊喜的背后，还蕴藏着中华文化绵延不绝的伦常哲理，以及泛透出西方文明穿越古今的哲思。

只不过是“简单的一双筷子”，愚教授竟能够引经据典，化简为繁，由浅入深，而至建构一套夫妇相处可长可久（或者当断则断）的理论与实务框架。换言之，他创新“筷子哲学”，为夫妻之间的互动，架设了一条康庄渠道——它可以一直向前走；也可以停看听，决定右转、左转之后，再向前走。都是向前走，却描绘了“殊途同归”的婚姻愿景！

愚教授在演讲中，开宗明义点出“夫妇、竹子、筷子”的三方互动哲思。

他说：将中国人最离不开的用餐工具和中国文人最欣赏、最具有人格追求的竹子联系起来之后，筷子就不仅仅只是进食的工具，它成为了独具特色的中国文化的代表之一。

又说：基于筷子本身的功能和竹子的特质，小小的筷子蕴含了深厚的哲理。夫妇关系的和谐长久；竹子的高洁、清灵；筷子的相依相伴；三者紧密相关的联系，既说明夫妇之间因情深而缔结的婚姻具有非常美好、圣洁、长远的意味，也提醒世人——世界上最永恒的幸福就是平凡，人生中最长久的拥有就是珍惜。

愚教授这几段话，看似简明扼要，却有如醒世之论，也是演讲叙文之精髓，让阅听者蓦然彻悟：为什么高洁如竹的一双筷子（不是一只），可以隐喻夫妇相依相伴的道理？

演讲中，他引据汉朝“司马相如和卓文君的故事”，阐释夫妇必须如筷子般“出双入对、形影不离”，实属寓意绝妙。当年，司马相如和卓文君从“私奔成婚”“情爱迷离”，到“浪子回头”，道尽夫妇之间无所不在的诱惑，跨越心墙魔障，就是“患难相随、柔情蜜意、恩恩爱爱、白头偕老”，终能成就一段永世流传的千古佳话。

换言之，正如愚教授所一再揭示的“筷子哲学”——夫妇本是需要相扶相携、不离不弃，就与筷子一样，如果没有一双中的另一半存在，是无法驾驭美食，享受人生；这就好比夫妇如筷子，长久不分离。

“同甘苦”是夫妇相处之道的另一要素。

愚教授揭举了“一大原则”与“四大界限”来释明夫妇关系维系天长地久的标竿。酸甜苦辣的调和原则（要像筷子一样方圆相济，灵活变通，共赴五味，感受甘苦人生；不可逾越的四个“界限”（地位平等，互帮互助，冷热不辞，灵机应变）。

从远古的，到现代的，从东方的，到西方的；多少令人称羡的夫妇，是因为他们坚守着这“一大原则”，不跨越这“四大界限”。

也是从远古的，到现代的，从东方的，到西方的；多少令人叹惜的夫妇，是因为他们放弃了这“一大原则”，更背离了这“四大界限”。

此正是愚教授“筷子哲学”鞭辟精深与创见独到之处。论理而不说教，谈情而不滥情，说爱而不盲爱。简简单单的“一大原则”与“四大界限”，就成了美妙姻缘之圭臬。

愚教授通古今、渊博闻，知识体系常体现“中学为体、西学为用”的精髓。在“婚姻中的筷子哲学”讲演中，他也引据儒家之道来印证观点——言色相和，无相违戾；要“修身”，必从言行上不断加强修养，从“让”字下足功夫，则夫妇的生活，便会常沐浴在和煦春风之中了。

愚教授也提出西方观点来阐释夫妇相处常受囿于琐碎争执而失去耐性，进而影响婚姻的和谐。法国作家莫鲁瓦说：

“我们常常为一些应当迅速忘掉的微不足道的小事而失去理智。”希腊政治家伯里克利斯振聋发聩的警告：“注意啊，先生们，我们太多地纠缠小事了！”这些种种正凸显了愚教授“筷子哲学”的思想性与实用性：

1. 筷子的作用，大家是知道的，每天大人和小孩都离不开它，但筷子一双合用才会有 100% 的功效，用一只筷子能夹住饭菜吗？

2. 一双筷子像不像生活中的夫妇？谁也离不开谁，而且还要一起去品尝那酸甜苦辣；“所以，两个人共享一个快乐时，快乐就分成了两份；两个人共尝一个痛苦时，痛苦只剩了半个！”

尽管如此，愚教授也不是无可救药的乐观主义者，在演讲中更鼓励大家要“面向事实”：当这个女人（或男人）不爱你的时候，一定要祝福她（或他）；有了爱，便不该有恨，因为曾经有爱，有爱的日子里是快乐的，有缘在一起也是快乐的，有过快乐有过爱，就不会再有恨。这时候，该是筷子单飞，去寻找另一只筷子配对的时候。

愚心明教授说得妙：当那个男人（或女人）不爱你的时候，就是你从他（或她）生活中消失的时候，第一时间离开他（或她），骄傲地过属于自己的生活，偶尔忆起那某个美好的瞬间，就会心一笑，种种怀念，值了！

当然，愚心明教授语重心长的提醒，年轻的夫妇若新婚之前，就能认知夫妻相处中的筷子哲学，并身体力行，那婚姻就会“夫妻不散”“一生一世”了。

愚教授通篇演讲，贯穿东西哲理与现实的分界，思想轴心简扼却深奥，观察现象细致而微妙，正有如法国大思想家罗兰·巴特在“符号帝国”著作中，对游居日本的发掘新奇一般，以小观大、具体而微，使筷、炸食、煮饭、饮酒、作揖……完整形塑成一套符号体系，更蕴藏了东洋作风的独有特色。

愚教授创见“筷子哲学”，可谓是异曲同工，不仅留给阅听者对夫妇相处之道的重新再省思，更启迪阅听大众对每天不离身的“一双筷子”的重新再认识！

愚教授近十余年来，除致力教育办学，也在北美、欧洲国家各校园参与四百场以上有关“人生规划”“生命探讨”“与人为本”的演讲座谈会，出版书籍包括：《口袋中的哲理》《心灵中的真理》《品酒话人生》与《人本和谐观》等。这篇演讲——《婚姻中的筷子哲学》，与愚心明教授先前著作及演说的中心思想一脉相承、相互辉映，当时亦引起现场听众广大而热烈的反响。

我们乐于见到《婚姻中的筷子哲学》即将付印成书，也愿能更多读者从愚心明教授的创见中汲取快乐姻缘的精华，并淬炼幸福婚姻的艺术——不浪费生命，不蹉跎时间；勇于选择，乐于创造；用一双开合自如的筷子，夹起爱情的美食！

江苏省淮安市新马国际高级中学执行长　陈思宁

2016年9月20日

序　二

筷子是中国人发明的独步世界的进食用具，已成为中华传统文化的代表之一。筷子与夫妇相处之道，究竟有着怎样的联系？这便是本书所要表述的独特的主旨。

愚心明先生在本书中，引经据典，化简为繁，由浅入深，建构一套夫妇相处可长可久的理论体系与实务框架。他创新了“筷子哲理”，为夫妇之间的交流互动，架起了一条康庄大道。

在本书的体系中，愚心明生先以筷子的功能与特质来释明夫妇关系维系天长地久的标杆。

从远古到现代，从东方到西方，多少令人称羡的夫妇，正是因为他们坚守着这些“原则”，不跨越这些“界限”，成就了美妙姻缘。论理而不说教，谈情而不滥情，说爱而不盲爱。传统文化与筷子哲理相结合，正是本书鞭辟精深与创见独到之处。

世界上，最复杂的关系往往是人的关系。在各种关系的序列中，夫妇关系又是第一关系，因为这种关系不仅维系着个人，还维系着人类的生存与繁衍……亲密，多元，对立，统一。正如心明先生在书中提到的，夫妇本是需要相扶相携、不离不弃，就与筷子一样，如果没有一双中的另一半存在，便无法驾驭美食，享受人生；“这就好比夫妇如筷子，长久不分离。”

愚心明先生成长于一个充满爱意的家庭，家庭中鼓励的氛围使他明白世间最宝贵的事物莫过于爱，虔诚的信仰也使他受益匪浅。他和妻子葛慧珠结婚数十年，养育儿女，并且幸福地与孙子孙女共享天伦之乐。丰富的人生历练，传奇的成长历程，也正是本书的缘起。正如书中所描述的，夫妇关系的和谐长久；筷子的相依相伴；两者紧密相关的联系，既说明夫妇之间因情深而缔结的婚姻具有非常美好、长远的意味，也提醒世人，婚姻圣洁与珍贵的特质。而年轻的夫妇若在新婚之前，就能认知“筷子哲学”，并身体力行，婚姻就会更长久而稳固。

本书不仅留给阅读者对夫妇相处之道的省思，更启迪大众对每天不离身的“筷子”的再认识。

美国锡安企业集团公司董事长　张祥华

2016年10月5日

序　三

两根细长的棍子，高明的组合，成为携手并进的筷子。
两个相爱的人，圆满的结合，成为幸福相守的夫妻。

筷子，彰显了中国博大深远的文化。
夫妻，携手共建筷乐的甜蜜家庭。

一双筷子，蕴藏了多少中国的智慧。
一对夫妻，涵盖了多少爱情的宽度。

和谐是他们共舞的妙方，
包容是他们绚丽的彩衣，
亲密，不离弃，
筷乐，永相随。

感谢作者充满爱心和智慧的著作；在这个人心浮躁、人们常常忘了要珍惜身边所有的时代，作者如此细心、耐心、用心，引导每一对夫妻，学习如何如筷子一般，为了彼此的幸福，共同进退，吸取生命的养分，协力培育幸福的花朵，让香花开满庭院，人间充满欢唱。

心明是我初中的同学，我们有幸在毕业五十年之后，大家再度重逢；我庆幸自己有机会，以无比欢喜的心情，恭祝心明再次的新书出版，福泽社会 。心明虽然已经在学业、事业都有了相当的成就，但是依旧好学不倦，于 2015 年荣获北京师范大学的博士学位。近年来，他亲自深入中国办学，教育莘莘学子，不遗余力，令人钦佩。可以得心明邀稿写序，深感十二万分荣幸！

最后我想和大家分享《天堂与地狱的筷子》的故事，做我这篇序的结尾：

有一个人来到了地狱，他看到地狱里的人，用的筷子竟然都是三尺长；所以他们很难把食物送进自己的嘴里，而且经常夹到的食物，在半途就被人抢走。所以地狱里每个人，都为了看得到，却吃不到的食物，而显露出焦急难堪、彼此愤怒的苦像。

于是这个人也去到天堂，他发现，天堂里的人的筷子，居然也一样是三尺长；可是那里的人却都显得非常的开心、愉快和满足。原来是因为天堂里的每个人，都用三尺长的筷子，夹了美味的食物，送到别人的嘴巴里；所以大家都可以欢喜地吃到对方送来的美食。所以在天堂里，显现的是一片祥和、快乐、欢喜的气象。

这个故事告诉我们，同样的一双筷子，因为不同的心态，就有了完全不同的结果。

《婚姻中的筷子哲学》就是一双天堂的筷子；十二个章节，读来让人感到兴趣盎然，很是亲切。毫无疑问，这是一本对时下夫妻相处，非常必要的教与学。期许我们的社会，因为有了和谐与爱的分享，而更加的灿烂美丽。

赵廷箴文化教育基金会董事长　赵元修
赵廷箴文化教育基金会执行长　辜怀箴
同笔

2016 年 10 月 10 日

自 序

从古至今，婚姻对人们的精神与物质生活都有着巨大及深远的影响。婚姻生活充满着各种不确定性，百味俱陈，并不亚于一桌丰盛的佳肴。

一双筷子，如同婚姻的投影，交集与平行共处，极简与繁复并存。本书所着力呈现的，正是以中华文化传统为纵轴，筷子哲学与婚姻智慧所融合的处事之道。通过系统解读，使读者感悟婚姻相处之道，促进生活的幸福和圆满。

近些年，作为海外华人，我虽然身处美国，但始终关注中华传统文化，数十年来笔耕不辍，不敢荒废懈怠，以学之所得，结集出版，旨在融会思考，以飨读者。我除在一些国家办学之外，并在北京师范大学完成了教育学博士学业，在北美、欧洲国家筹办或参与数百场讲座，投身于文化生命大流。并试图在弘扬传统文化的基础上，诠释东西方各自背负的文化理念与架构。

鉴往而知今，文化可立国兴邦，正如习近平总书记所说，“文艺最能引领一个时代的风气”。在这个风云变幻、日新月异的时代，人们更需要正能量的社会生活及文化环境，否则，再优越的生活条件也毫无意义。本书推出的初衷便是如此，以书载道，反本开新，述论结合，寓理于情，传递利益人群的普遍道理，并与读者进行更多的分享与交流。

最后，谨以此书献给陪伴我度过人生成长的妻子、亲人、朋友以及广大读者朋友。

愚心明

2016 年 10 月 21 日

目 录

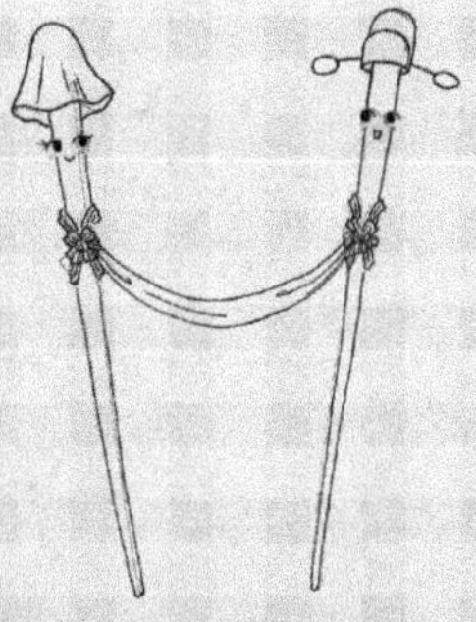

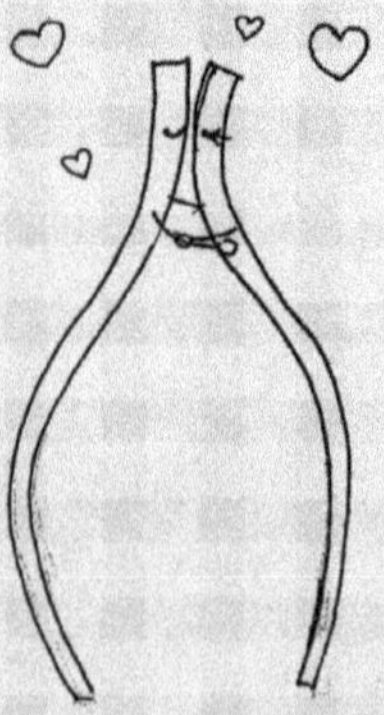

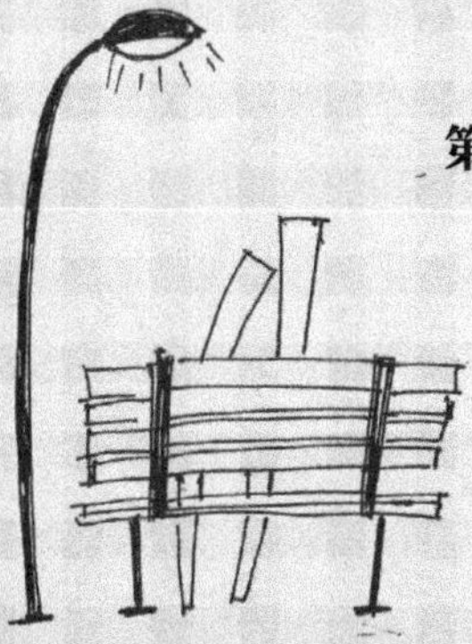

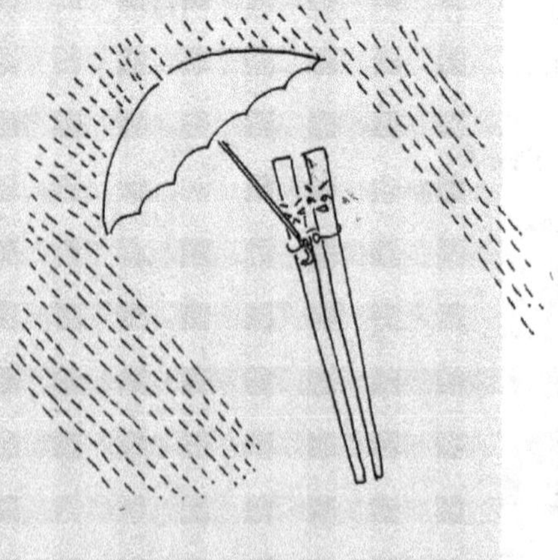

前言(一)

在中华文明中，筷子的身影随处可现。筷子不仅耐用，而且适应性极强，各种形状的食物，统统可以一夹就起来，随心所欲地做相对运动，筷子所反映的是“无所不为”、“以不变驭万变”的智慧，传承的是中华文明精髓。

从横亘远古穿越到现代社会，筷子总是以成双成对、永不分离的姿态显现，所以，用它来喻意夫妇长相厮守、举案齐眉最为精当不过。

两性婚姻，如同一双筷子，面对人生百味，酸甜苦辣，在时间与空间中，一双筷子既有交集，又有平行，唯有齐头并进、相互协助，从消积走向积极，才能共享人生快乐。

一双筷子，蕴含着生活的奥秘，现实生活中的矛盾是婚姻的必经之路。婚姻的两端是平衡的，共同承载生活的重任，不能将重量放在婚姻的一端，幸福的婚姻永远不是一个完美无缺的组合，总是处在不断变化的协调与统一中。

人的幸福源于生活，生活中的矛盾是永恒的主题。对生活了解的越多，就越有助于减少生活矛盾，从偏执走向包容，从误会走向理解，有了这样的变化，智慧之门将开启，世界就会大为不同。

婚姻是一门艺术，就像认知其他艺术一样，通过学习与实践，不断融会贯通，就会掌握了艺术的真谛。本书通过筷子重新认知婚姻世界，为生活导航，它伴随在您的身边，会改变您的生活，也会为您带来巨大的福音。

前言（二）

筷子有着悠久的历史。中国是筷箸的发源地，朝鲜、韩国、日本、越南等国的用箸习俗都由中国传入，中国是世界上用筷进餐国家和民族的母国，千百年来一日三餐筷不离手，习以为常。

远古时，筷子由树枝、竹棍或天然的动物骨角制成，后改为竹、木刮削后制成。夏、商有牙筷、玉筷问世。春秋战国，又出现铜筷和铁筷。汉魏六朝，始生产漆筷。稍后，又出现了银筷和金筷。其中以牙筷、犀角筷、乌木镶金筷和各种玉筷最为名贵。

中国人在五千年的文明史中，为约 159.9 亿人生产制作了约一万亿双筷子，并用筷子佐餐，输送了约 3400 亿吨食物！若再联想到筷子的其他相关数字，如总产值、总耗材、总重量等，更会令世人瞪目结舌。

在筷子成为长度单位的同时，人们对量与数引起同等的关注。在数字诞生前，人们开始以筷子作筹码，记数法应运而生。不妨做一道趣味数学题，计算 5000 年间中国筷子总产量的总长度。已知 5000 年间筷子总产量为 1 万亿双，即 2 万亿根，设定每根筷子平均长度为 0.25 米，则总产量与每根长度相乘，乘积为

5000亿米，又为5亿千米长。已知地球赤道长度约为4万千米，则中国筷子总长度可绕赤道12500圈。

中国是泱泱大国，《史记》中记载：“王者以民人为天，而民人以食为天。”追溯历史，华夏先民懂得刀耕火种从而改变茹毛饮血的原始陋习，又在以手抓食和汤中取食时发明了替代手指的筷子。

筷子最初即以“箸”相称，“筷”的称谓源自明代，因江南民间讳其音与“住”相近，不利于行船，便改“箸”为“快”，寓意顺利，后因竹制较多，加了竹字头，筷子从单纯的充饥果腹工具，上升到了精神的层面，被人们赋予了更多的文化意味。

中国有史记载的用筷历史在3000年以上，早在公元前11世纪的商朝就已出现筷子。商朝时曾以“匕”割肉，用箸夹菜。后来烹饪技术改进，筷子可以夹肉，“匕”就不再用于席上。一双筷子，延伸了手指的功用，两根木棒捏在手中，竭尽夹、拨、挑、撕、插、扎、扒、撮、穿、捞、拌、搅之能事，还可供递、煎、烤、炸等。随着筷子的普及和大量使用，制作筷子的材料渐次演变为树枝、木条、竹枝、竹条、骨条和牙条。筷子带来了合餐制，突出了老老少少坐一起的家庭单元，从而让东方人更强调相互合作，拥有了比较牢固的家庭观念。筷子的诞生，不但确定了中国人围食的习俗，而且依据筷子加手臂的长度作为半径，确定了用以聚餐的方桌的宽度与圆桌的直径。

在古代，人的许多理念和阶层等级，可以从筷子中反映出来，依照筷子的材质、品质与制作难度，决定了执筷人的身份等级。例如《史记》中曾记载，商纣王即以象牙为箸。为适应礼仪之邦的各种需求，筷子又演化为祭祀用品。在各种祭祀活动中，人们把筷子插入供品。为了确定祭拜的时辰，有人燃点竖着的木竹筷子以作计时之用,并有了最初的焚香与火烛,后人懂得在筷子上粘裹香料和石蜡,才有了蜡烛与燃香问世。

相对于刀叉,法国作家罗兰·巴特认为筷子具有一种平和的力量,"它不插透,切割,破坏食物,而只是提起食物,转动食物和移动食物……"。对于发明它的中国人来说,这种简单得不能再简单的餐具,承载了5000年来中华民族的人生观。

凡要体味中国文化与饮食之妙,无一不从筷子学起。筷子看似简单,但用好它,不是一件易事,两根筷子,没有任何联系,可到了手中,可夹、可挑、可戳、可扒,各负其责,相互搭配,能适应种种食物,用筷技术则需经过刻苦练习才能掌握。

基于筷子本身的功能和特质,小小的筷子蕴含了深刻的哲理:

功 能	特 质
筷子不单只使用	两只筷子无法分离使用
筷子品不同味道	共同品尝酸甜苦辣
筷子的饮食文化	吃中国菜学用筷子——无法逃避
筷子的学习熟练	时常学习可得心应手
筷子的技巧发挥	技巧发挥使用要练默契
筷子的洗搓磨损	清洗筷子要有耐性洗搓
筷子的清洗晒干	清洗晒干根根要有空间
筷子亦是危险品	筷子是极危险之物品
筷子的创新功用	筷子的使用创新功用
筷子的美观设计	筷子的美观形象设计

筷子文化已渗透到中国人的家庭生活中,无论贤人雅士还是普通百姓,他们都能从各自的饮食生活中咀嚼出人生的美好与意义,从而获得精神方面的快乐和满足。

第一章 夫妻终生切磋——互学习

一、从心学

茫茫人海，两个没有任何血缘关系的人相结合，成为夫妻，就如同筷子一样，两根本来毫不相干的枝干被加工成筷子后，从而形影相伴，有了共同的未来，担负起了共同使命。

筷子取材于大自然，就像夫妻的组合源起于爱情一样，它既有偶然性，又有必然性。当两个人在某个空间，某个时间刻度里心灵产生了交汇，缘分就产生了。有些缘分注定是漫长的，随缘即安，从开始相遇，到成为终身伴侣，彼此有了共同的未来，陪伴到最后。

世界上所有的文化都认为婚姻结合是伟大的。《圣经》中曾提到，婚姻是一种赐福，满足人的需要，生活的需要，情感的需要，养育儿女的需要等。这种多元性，是婚姻共同的和永恒的特质。

婚姻不是一个结局，而是一种生活方式。它是一个完善自身的过程。对于婚姻，根据《圣经·创世记》中所说，婚姻是神的旨意，有其神圣的目的。神在世界上创造了许多美好的事物：天、地、植物、飞禽走兽和海洋，并指明这些是美好的。之后他创造了男人，但男人并不完善，他需要一位能辅佐他的伴侣。而女人是用男人的一根肋骨做出来的。因此，神创造婚姻是为了使人相伴而居。

当两个人交换了结婚誓言，“结合”就成了生活的一部分。结合意味着紧密联系在一起。当男人和他的妻子结合的时候，二人就成为了一体。“结合”这个词形象地概括了神对婚姻关系的期待：合一、完整、永久——各个方面的亲密无间。婚姻关系也是这样一幅图景。两个人结合在一起，看上去是一个整体，但每个人仍保留了自己鲜明的个性特点，只不过现在每个人都多了另一重性格，这重性格是婚姻所赋予的。

婚姻是一种修行，婚姻关系是修炼自己最好的方式，通过它，人可以暴露出自己很多问题，而要解决这些问题，就是自我的一种提升。

一个人会因为婚姻而了解世界，婚姻路上会看到很多的美景。家庭环境就是自己的修行场。无论一个人从事哪种职业，都要面对境界历事炼性，制心一处，对人炼心。

当自己不求任何回报地去给予对方想要的，这就是心的修行，就会得到无比的快乐。自己的家庭、事业，一切都会顺利。不再怕遇到种种生活障碍，他可以历炼自己的心性，提高自己的层次，增长自己的智慧。

夫妇之道，就是自省。放下心来，多从自己身上找原因，多从心里反省自己，而不是总归咎对方玩的游戏。婚姻中，如果一个人内心深处缺乏自省，拒绝自省，那么，他的那些看似美好的做法中，一定藏着危险的潜意识的陷阱。性格偏激的人，其行为往往处在妄想的支配下，以自我为中心，听不进他人与自己不合的想法。自省能力是最重要的人格特质，自省就是自我反思、自我调控和自我学习，能经常查找自己的缺点，包容他人，不断地去掉观念上的偏执。

任何夫妻都有意见不统一的时候，如果一方的心冷了，另一方要用“自省”这把钥匙开启对方冰封的门锁，要用自身的温度把对方的心捂热。以冷对冷，雪上加霜；以热对冷，冰雪消融。

二、从人学

筷子的结构简单、原始。它就是由两根小棍子组成的，或平行，或交叉使用。

“人”字的结构也是这样简单，笔画间相互支撑，喻意两个人在人生路上要相互依靠，相互交流，相互信任，相互包容，相互谅解，才能相携同行，走到最后。

婚姻对于一个人来说就是一个机会，可以学习如何合作，如何去爱别人。

孔子曾在《论语》中提到“仁”即是“爱人”，爱人是要爱一切人，无论是意见相同的或意见不同的。“仁”含有助人的意思，一事当前，不是只为自己打算，还要想到别人，兼顾人与己两个方面。自己想在事业上得到成功，也要帮助他人得到成功；自己想显达于社会，也要帮助别人显达于社会。正人先正己，约束言行，做人视善、语善、行善，就能成为一个大写的人。夫妻关系中也是这样，先人后己，带着爱去做这些事的时候，就容易相互理解，避免冲突。

爱不能解决所有问题，但是能给人解决问题的动力。当冲突产生的时候，可以先去看看，对方为什么会跟我不一样，有什么新的视角可以整合到自己的世界里来。在婚姻生活中出现了种种冲突，正好是一个机会去审视一下自己，哪些地方在固执坚守，是不是有些一定要坚持不放的观念，在其他人际关系中因为自己的偏执，是不是产生了同样的冲突，给别人造成过困扰。

予人玫瑰，手有余香。与人方便，与己方便。在婚姻中，夫妻彼此需要相互学习，例如两人意见不合，发生争执时，不要急着要求对方顺从自己。其中一方就可以试着去了解下对方的领域，正好身边有个专家，可以学习到更多额外的东西，丰富了自己的世界，也了解了对方的世界，产生了更多共同的话题，关系自然就更亲密了。

三、从事学

数千年来，筷子无论怎么变化，还是彼此相互依存的两根棍儿。如同婚姻，双方不可能更多地强调个性，应该强调共性。

婚姻易受过去悬而未决之事的影响，虽然人们常常意识不到这一点。美国心理学家萨提亚曾说过："问题本身不是问题，如何应对问题才是问题。"冲突本身并不可以免除，因为没有相同的两个人，差异会永远存在。因此冲突本身不是问题，如何应对冲突才是问题。如果将两个人的冲突视为夫妻关系的羁绊继而指责对方不对，就会将关系推向危险的悬崖，但是如果将冲突视为机会，则会通过学习提升自己和稳固家庭。

一个家庭所能给予家人安全感的多少，决定着家庭的稳定程度。在夫妻关系中，如果他们坚信彼此都会不离不弃，无论发生怎样的事，所有问题都会带着爱去解决。

两个人在走进婚姻殿堂后，夫妻双方就成为了一个共同体，而不再是两个单独的个体。而夫妻在面对各种各样的事件，出现分歧时会成为两个冲突的主体："我"和"你"。冲突的时候，是两个独立的个体在争执，却忘了在亲密关系中还有一个重要的元素："我们"。因此在亲密关系里，其实是有三个系统的："我"，"你"，"我们"。如果双方只看到前两个，在冲突的时候必然就会维护一个人的利益而伤害另外一个人的利益。但如将"我们"这一元素加进来后就是另一个局面，"我们"即是一个共同体，伤害到一方就等于伤害另一方，伤害到双方所建立的家庭。

《易经》中曾提到处事之道，"寂然不动，感而遂通"，指人要经常保持一种精神的静默状态，哪怕在忙碌时也要有一种安静的感觉；在顺逆两难的境界中，能把心中的各种杂念止住，保持寂然不动。婚姻中的事大多是跨在"灰色地带"的，很难有非黑即白的明显区分。当夫妻产生纷争的时候，最怕对人不对事。一方做错了一件事，另一方就会否定其全部，认为对方一无是处，做什么都做不好。有时候明明在说一件事情，可是对方却感觉到了个人被否定了。和谐的家庭要学会将"事"与"人"区分开来，对事不对人，双方对某件事有不同的态度，但是只针对事，并没有忽略掉双方之间的关爱。有一方在被伤害，家庭和谐系数就会被减分。

"纸上得来终觉浅，绝知此事要躬行。"人通过学习与行动来领悟道理、验证知识、获得改变。婚姻是所学校，夫妻在这里学会了处事之道，学会了面对生活，和最亲密的人如何磨合相处。与其不断地期望，不如点点滴滴地相互适应。

四、从物学

筷子永远都是"直"的，"直"是筷子的特点，筷子要"直"才能用得得心应手，弯曲的筷子无法正常使用。“直”表示筷子的本身腰杆挺直而不弯曲。若失去这个特点，筷子就无法为人所用，只能被主人丢弃。人也要有“直”的本质和特性。这“直”具体是指什么呢？可指公义的行动和正直的性格。

直就是正，人要在行为上归正，在追求上归正。爱慕虚荣、贪图虚名是不正的开端。任何人，都需要在“正”字上下功夫、作努力，自身先作一个正直的人。正直是人的立身之本，人只有做到了“正直”，才能以身作则，使整个家庭里的人都做到正直。

“直”也表现在生活方面，夫妻双方都要洁身自好，以单纯的生活作为生命的内容。品德是信心的记号，德行反映一个人的人格究竟是高尚还是卑劣。一个人如果在人格与道德上不严格要求自己，他对婚姻的信心就不是真的。

夫妻之间也应当这样待人，不可嫌贫爱富，否则这是不直、不义的表现。

一个人要想在社会立足，做一番事业，就必须具有正直、诚信的品德。中国思想家孔子曾多次讲到正直、诚信，如“信则人任焉”“自古皆有死，民无信不立”。思想家韩非子曾提到：“巧诈不如拙诚，小信诚则大信立。”一个人的正直与否，是君子与小人的最大区别，所谓“君子坦荡荡，小人长戚戚”。人当以诚待人，正直做人、正直讲话、正直做事。

人与人之间在身体上并没有太大的差别，但在心理上却有根本的区别，那就是境界的不同。一个正直的人牺牲自己或多或少的利益，去无私地帮助、扶携别人，主观上并不是为了赚取什么，也不在意回报，但客观上，这种正直品行却常会给人带来幸运，付出了一些，却得到更多；不求回报，却意外地获得丰厚的回报。

生活的逻辑就是如此。一个正直的人，乐于助人的人，不知不觉中已为自己筑起了一道通往高处的美丽台阶。

五、重新学

筷子对我们来说即熟悉又陌生。熟悉是因为人每一天都在使用它，陌生是因为人每天使用筷子品味着从不重复的酸甜苦辣。

夫妻是永世情缘，理应好好相爱，共度一生。这种百年好合的境界，不能光靠运气与缘分，而必须通过“重新学习”“不断成长”的方式来提升自己。

婚姻是夫妻双方共同的学校，刚进入婚姻的男人和女人通常是幼稚的，夫妻双方常弄不懂对方在想什么，所以会在婚姻中互相学习，双方学会如何珍惜，如何表白，如何道歉，如何宽容，如何去爱，如何变得成熟等。

从心理模式上看，女人和男人差别很大，思维角度处于截然相反的两极，丈夫能从妻子身上学到自身所没有的，妻子是最恰当和最有成效的老师，很多时候可以给男人踩刹车以免他在事业上翻跟斗。通过婚姻这所学校的改造，自己就会尝到收获的喜悦。

有人说在每个成功男人的背后都有一个好女人。一个男人若要取得事业上的成功，那么他的背后一定要有一位和他同心同德、知难而进、勇往直前的聪慧女人与他携手共创。许多成功的男人都是由好女人打造出来的，她们给了男人最大的动力，是他们最大的功臣。

世间的万物本来就是五行相克相成的，有好就一定有坏，智慧者往往大度宽容，多赞美少苛责，不求现在是如何的辉煌，只求在努力中。夫妻双方只有怀着真挚的性情才能不断地参悟人生，一方不会对另一方发号施令、颐指气使，因为懂得温和能化解一切。一方会以欣赏的眼光去关注另一方，扶助、修剪、赞美、完善，这实则也是在不断地完善自身。

六、终身学

熟练使用筷子需要学习，试想和谐、美满的婚姻又何尝不是如此？

婚姻是一门终身的学问。婚姻的学问在于，当两个不同背景的人因爱情或者一些说不清道不明的感觉走到一起，他们两个人是否能够真正经营好婚姻，是否能够真正适应两个人的生活。

在幸福的婚姻里，有一些共同的法则是有迹可循的，当一个人真的想要突破自己时，学习本身就包含了解决问题的途径。

幸福的婚姻是构成幸福家庭的特殊的秘密内核；幸福的婚姻能使人健康长寿，这是世人所公认的道理和法则。从医学、行为学、社会学和心理学等科学研究，一致性的分析认为：言语上经常表白后悔和失败的婚姻以及不良的夫妻关系，会导致许多麻烦和健康问题。“理解和宽容是化解矛盾的灵丹妙药，克制和温存是包扎心灵创伤的有效绷带！”特别是心理品质的健康状况，是与伦理、道德齐名的素质内涵，在很大程度上维系着现代家庭的稳定和幸福！并且，涉及子孙后代诸多问题，如果用“连锁反应”一词来形容，一点也不过分！可见幸福的婚姻是何等的重要！

面对婚姻，人首先要在学习中改变自己，只有去适应对方的心态，才能更好地融入。夫妻间共同分享生活，通过两个人的互动，把一个人从狭小的空间带到更广阔的天地中。

第二章 夫妻珍惜姻缘——不分离

一、共同未来

在中国文化中，筷子崇尚极简，寓意“率直而不弯曲、奉献而不求回报”。如同中国人的婚姻传统，在一次又一次践行的责任中赋予它新的善待与尊重。

婚姻使人拥有了一份人性的真实和浩大。夫妇之所以像一双筷子，最根本的原因在于，他们是一个共同体，有共同的未来，一损皆损，一荣皆荣，合则两利，斗则两伤。欲先取之必先予之，分享快乐就会加倍快乐、分享成功就会更加成功。

《圣经》中曾提到“有信心的人，得福最多！有爱心的人，施福最多！能谦虚的人，守福最多！”同样的交集，有的人交而不通，只有表面上的应付；有的人没有说上几句话，却一见如故，相交恨晚，关键就是有无同和之心。夫妻之间，在信念上齐心，在行动上配合，这样一个家才能真正发展、兴旺、和睦。

婚姻是一个系统，面对共同的未来，夫妻关系构成了一个有联系的整体。两个人相恋、相知、相守，一路搀扶，谁也离不开谁，什么酸甜苦辣都要一起尝，贫穷或富贵、生病或健康、卑微或显赫、失意或成功，两个人都要一起经历。生活中，没有风雨兼程及荣辱与共，就不能称之为真正的婚姻。

二、共同爱好

“殷勤问竹箸，甘苦乐先尝。滋味他人好，乐空来去忙。”明朝文人程良规的这首诗，是对筷子的生动描绘。筷子精神体现为“合二为一”，所揭示的本质则是自然界普遍存在的“相互依存”关系，任何合作，取胜之道都缘于彼此的信任、支持、理解和齐心合力、默契配合，最终实现双赢。

婚姻中，夫妻都要有与对方融为一体的观念，两个人共同点越多，爱情越稳固。共同点包括兴趣爱好上的相近与性格上的相近等。两人兴趣爱好和人生价值观的共同之处，才是决定婚姻稳定的内在因素。

世界上原本就不存在天造地设的一双，只有付诸努力成为越来越适合彼此的对方。夫妻双方都需要给予对方快乐——无论是相对沉默，还是侃侃而谈，无论各自有怎样的价值主张与信仰。在条件允许的情况下，夫妻多培养共同的爱好，多做一些双方都喜欢或接受的事，两个人会在不知不觉间越走越近，形成互动模式，找到更多的契合点。

培养共同爱好，共同语言，寻找共识，需要双方都做出努力，也许自己不喜欢某项爱好，但是看着伴侣从中得到快乐，自己也会快乐起来，两个人既可以是“一起锻炼健身”，也可以“一起读书摄影”，既可以是“一起去咖啡馆”，也可以是“一起探险旅游”，每当双方发生争执时，这些共同爱好，总能安慰双方的心灵，赢得相互间的认可，婚姻也会变得更有活力。

三、共同生活

筷子成双成对，单只无法使用，夫妻合作就像筷子一样，以“自我中心”转向考虑到他人的感受与利益，合作就是转化为双赢，为成功铺路。

婚姻关系最需要考验的是兼容性。两个同样高品质的零件，如果不能兼容，放在一台机器上时，就会相互磕碰，无法发挥其正常的功能。婚姻的本质是两个不同的人，过同一种生活。夫妻间的差异，会在“共同生活”中受到考验。

生活如同大海，有涨潮就有落潮，有浪峰就会有浪谷，永远不可能都在一个水平线上。一个人不论是年轻年老，贫穷或富裕，健康或病残，生活道路上总伴随着无数的酸甜苦辣、喜怒哀乐，总是要发现和面对这一切。

生活的态度来源于意识，人生最终追求的还是健康快乐的生活。生活中的快乐源于自己的内心，是一种心灵上的愉悦，是自己经过不断努力来实现理想的满足。快乐的角度取决于不同的年龄、不同的心情及不同的要求。在生活当中，人有着更高层次的精神需求，人的安全与舒适是靠两方面来维系的，一个是人身的安全，如吃饭睡觉；另外是心理上的安全，如尊严。人和人之间寻找共同点，相互保持“同一”，会更多获得心理上的安全，从而打开心扉。人常常会因为存在某些共同点而使感情拉近，从彼此的生活中找到交集。因为找到了共同点，双方之间惺惺相惜，结下深情厚意。

爱是生命中最伟大的财富，婚姻中的爱源于生活，高于生活。两个人久别后的拥抱，晚饭后的散步，上班前的叮嘱，下班后的亲切问候。一家人亲亲密密，和和睦睦，跨越左手摸右手的平淡，学会从柴米油盐的现实中寻找浪漫。一起实现理想，享受天伦之乐，这就是圆满的生活。

四、共同居家

筷子不会挑肥拣瘦，冷也去，热也去；甘也同尝，苦也同吃。夫妻也是一个道理。居家过日子，追求的是天长地久，踏踏实实的人生。现实中，一个家既然是难言之隐的避难所，就应该具有藏污纳垢的能力。

大千世界，芸芸众生，人都喜欢赏识自己的人。与人交流时，“不”字一出口，就等于把交往大门关上了，双方就会产生一种心理紧张关系。夫妻间，找不同点，会使两颗心越找越远。对伴侣施暴的人，就不可能对他人仁慈；一旦失去了爱的滋养，再稳固的家庭也会很快地风化。

居家之道，要生活得自然轻松，使他人尊敬自己就应该与德为邻，宽宏大量，不要以身边人为壑。

在一个家庭中，爱是相互的，有作用力必有反作用力。伴侣就像是自己的镜子，用来让自己反省自己，每个人的行为都是对对方的回应。当自身强大时切莫欺负弱小者，将自己的快乐建立在他人的痛苦之上，总有一天痛苦会还给自己。情绪会互相传染，自己觉得对方有缺点，对方也会觉得自己有缺点，这是共同的感应。如果对方的行为和言语是过激的，这种回应就很快变成了一种回击，一方的责备必然会引起对方的共鸣，如此反反复复，陷入恶性循环。让伴侣喜欢自己，就是真正了解伴侣的需要，认同伴侣，同伴侣一个声音，展示与其相同的兴趣、观念、立场，或者表现其喜欢的行为方式时，交流就变得通畅。

夫妻的交流，不要常讨论异见，唱反调，唱对台戏，让双方不欢而散，应该多强调共识，让对方从内心深处喜欢自己。婚姻中没有是与非，遇到家庭纷争，首先要自我反省，当一方发表意见时，通常用的语句应是相对的，而不是绝对的。在应对批评时，不是先发飙，而是先检讨自己，从自己身上找问题，这样才能起到立竿见影的效果。这样的人才是理解自己、尊重他人的自信伴侣。

五、共同家务

人生百味杂陈，世事亘古难料，中国人善食，南北大菜，东西小点，色香味一应俱全，一双筷子总是要酸甜苦辣咸皆尝遍。

有一个温暖的家，人才会恋家。一对夫妻，如果连家务都从未曾一起做过，很难称为恩爱夫妻。共担家务是一种实实在在的、每日每时的需要……在共担中夫妻关系得到升华，才能真正地走向亲密与和谐，也才真正有了家的感觉。

家庭，是大千世界的缩影，到了夜晚，人最需要的是家里的灯光。家是贮藏人生幸福与情感的地方，也是一道自我保护和完善的屏障，可以为人的心灵遮挡外界的风寒。一个家庭真正的财富在于家庭成员之间的和美与人格健康。夫妻两个都是家庭中的一员，就有责任共建一个美好的家。在所有夫妻相处模式中，幸福感最强烈的是“分享”。每天早晚问自己积极正面的问题，例如，今天做了哪些事情，哪些事情是伴侣期待的，这样就可以让自己的思维模式趋向于正面。每天分担一些家务，每月给对方一个意外惊喜，做一些与以往不同的事，每年做一次家庭生活的年终总结，能使对方体验新的感受，使爱意重新迸发，情意更笃。这些分享创造了一条纽带，使夫妻的情感得到升温，促进了互信感。

六、共同育儿

一双筷子，无论材质怎样，只要用着顺手，就是好筷子。如同婚姻，不管两个人来自哪里，出身怎样，两个人在一起互相关爱，互相配合，才是至关重要的，多为别人想想，关系才能更健康。

夫妻关系是一个家庭中最核心的关系，双方的身心健康影响着孩子的心灵，夫妻间的互动是和谐的，整个家庭就是和谐的，孩子也会健康快乐成长。

孩子们需要一种具有持续性的爱。孩子长大成人，成为社会的一分子，他就会懂得保持永久不衰的爱。孩子不仅需要爱，更重要的是要学会做一个仁慈的、爱他人的人，使爱成为自己的处世准则。

夫妻之间思想统一对孩子的教育十分重要。例如在教育问题上，妻子主张“爱”为主，丈夫主张“严”为主，这样双方就产生了矛盾。然而，在这个问题上双方应该首先取得一致，并按照自己的模式适当灵活地对子女进行教育，这样做，不但有利于子女的健康成长，而且也有助于夫妻关系的协调发展。

夫妻之间的情感对孩子有很大的影响，当夫妻关系出现裂痕时，弱势的一方就会另找感情的寄托去依存，这就为家庭的破裂埋下了伏笔。无休止的争吵会肆无忌惮地吞噬孩子正常的心理。当孩子对家庭失去信心时，也不会再相信自己的父母。生活在父母“战争”中的子女，心理往往会出现扭曲，会封闭自己，情绪激动，会自暴自弃，甚至会厌世。没有幸福感的儿童，自私心和嫉妒心会比别的孩子强。有些孩子则会逃离家庭，到外面去找伙伴，养成不良的习惯。

父母是孩子幼年时期的主要接触对象，对于子女，父母既不能一味放纵，顺从，也不能过多苛责，索取。溺爱型家庭对子女只讲溺爱，不讲教育，容易造成子女随心所欲，情绪急躁，脾气粗暴，放纵任性，难以适应社会环境。放任型家庭对其子女任其自流，会使子女不讲文明，行为粗暴，不守秩序，甚至出现变态心理。专制型家庭对子女粗暴，结果造成子女心情压抑，胆小怕事，容易造成心理疾病。而在一个充满爱的家庭中成长起来的人，既懂得被人爱，也知道如何去爱他人。父母手牵手，孩子也会手牵手，父母如果各走各的路，孩子也不愿意与任何人牵手，父母与子女的心理兼容，有助于一个家庭感情融洽，促进子女的心理健康。

七、共同目标

筷子在取物时，不论彼此的长短、粗细、大小如何，都目标明确，配合默契。夫妻就像筷子，强调共同性，为了共同的目标而努力，追求相互精神上的统一与认同，彼此相随，出双入对。

婚姻，要以一生这个生活目标为思考的第一标准。人必须对自己的生命负责。每个人从出生起就开始树立目标，生存需要目标，没有了目标就没有了自我。没有目标的生存只能称其为“苟且”。目标就是在心中浮现的将来的事物可能或者应该是什么样子的图画，不只为了糊口，还要有抱负。自己要想清楚，将来要走多远，要走到哪里去？成为怎样的人？当人制定了目标以后，大脑就会帮助自己去搜索到与目标相关的一切资源，以达成目标。目标会告诉人们可能会得到什么东西，召唤人去行动。

《圣经》上有句名言“种的是什么，收的也是什么”。一个有生活目的和思想目标的人，毫无疑问会比一个根本没有目标的人更有作为。如果一个人经常迷失方向，一会儿向东，一会儿向西，就永远不会有实现目标的一天。自己都不知道要到哪里去，就永远到不了那里。目标越长远，意志才会越坚强。任何成功，全在于这相同的第一步，设定一个期望的目标。

世界都在比较与参照中存在，有失去才有得到，有丑才有美，有恨才有爱，有坏才有好，有黑暗才有光明，有其他人的所作所为，人才知道自己是谁，在做什么。一对幸福的夫妻的共同之处，是明确知道自己的生活目标，确定共同的方向，并感受到自己正在稳步地向目标前进。夫妻就像共同走路，在一个家里，如果两个人过分强调独立性，各走各的、彼此谁也不需要对方，整个家庭的幸福指数就会被拉下来。因此无论婚姻生活的道路怎样艰苦，每个家庭都有自己的特点，有别人无法相比较的地方。两个人思考或者执行的角度可以不同，但是目标与方向必须唯一和一致，知道什么对自己最重要。

对于国家来说，强大的帝国民心涣散后会前途迷茫，土崩瓦解；对于家庭来说，夫妻同床异梦，各打算盘的结果是分崩离析，殃及后代。人的力量有限，如果朝同一方向合力，则力量最大，事情再难办，只要合力就一定会有进步。朝秦暮楚，分散精力的结果是有劳无获。夫妻两个只有未雨绸缪，相互搀扶，用好时间做对事，奔向共同目标才是正道。

第三章　夫妻牵手同道——共甘苦

一、心在一起

夫妻之道，首要是心在一起。夫妇就像筷子一样互帮互助，目标一致，齐心合力，配合默契，才会有“收获”，才能和谐。

夫妻是一双筷子，而不是刀叉，刀叉过于锋利，缺少温情，而夫妻之间更需要相互间的配合、关爱、体贴和呵护。因此，婚姻的核心，就是两个人“心”的协作，这种坚固、忠诚、坚贞的组合才是长久的，直到双方中的一个人先离开，这个两人世界才结束。婚姻生活在本质上就是追求身的契合与心的契合，追求心与心的交流，这才是美好婚姻的节奏。

夫妻相处要心连心。心连心，指夫妻之间要两心相悦，相互理解、信任、默契、支持。对于夫妻来说，家庭不仅仅意味着港湾，更是一份责任。夫妻一心，忠贞不渝，就没有越不过的山，没有过不去的坎。

婚姻中光有爱是不够的，要有两人相互的忍让、包容，以及责任心。《论语》中曾提到：“道不同，不相为谋。”即走不同道路的人，就不能在一起谋划。在婚姻中也存在这种情况，如果双方的

“心”总是想不到一起，价值观差异太大，双方关系无法进行折中调和，找不到一个平衡的点，那么这种婚姻就会非常曲折和纠结，而长期的冲突矛盾，会使双方都感到沮丧与疲惫。

婚姻所追求的是天长地久、踏踏实实的人生，而人生是来不得半点虚假的，每一分每一秒都属于自己，都为自己切身的经历。

人们说，心连心的夫妻有夫妻相，这是因为夫妻俩人由于长时间同舟共济，休戚与共，面对同样的事情一直表现出同样的悲喜，随着岁月的流逝，当皱纹渐渐爬上他们的额头时，人们会发现他俩的容颜竟是如此的相似，连皱纹的走向也是一致的。

夫妇感情贵在心的相知、相依、相惜。因此，情感上的体谅，生活里的体谅，挫折中的互慰，事业中的互勉……在夫妇间不可缺少。只有难关共渡，携手共进，才会使爱的“横杆”不断升高。

在夫妻之间，心在一起是合作的基础，夫妻同心，其利断金，金很坚硬，连金都能断，可见夫妻同心合作的力量有多大。婚姻中只有爱是不够的！要两个人心心相印，相互信任，承担责任，学会设身处地为对方着想，多一些沟通、多一些理解，支持和体谅身边的那个人，这样才能解决生活中遇见的问题。

二、身在一起

夫妻如筷，互相帮助。一双筷子，形影不离，不是缺哪个的问题，而是少哪根都不行。

中国夫妻遵从“少时夫妻老来伴”，如同筷子一样，以两个一体、两心一起为原则，分开不成，两人世界如果一个人放弃了，夫妻关系的实质就会荡然无存。

“死生契阔，与子相悦；执子之手，与子偕老”，出自中国的

《诗经》。这句话千百年来一直被人们传诵，如今已成了生死不渝的爱情的代名词。人的一生之中能够找到一个自己喜欢并可以与自己生死与共、白头偕老的人是多么不容易，但如果真的实现了这样的愿望，那又将是何等的幸福！

牵手，是人生最美好的风景。牵手，透过指尖抵达对方心灵深处的是彼此的理解、信任、关爱和默契。婚姻中的人，应该相互陪伴，不离不弃，有事没事多牵牵对方的手，不要淡忘了第一次牵手的感觉。牵手能让双方都放松下来，人在放松下来时，说什么对方都容易接受。夫妻俩要你手拉我手，有事一起做；我手拉你手，一起向前走。

不少人以为结了婚，就进入到了“白头偕老”的阶段，有一种盲目的家庭安全感。于是，由着性子，想做什么就做什么，全然不顾对方的需要和愿望。这种婚姻“单人行”是非常危险的，婚姻是两个人的事，强调“双人行”，过于强调自我会使自己日渐封闭，两个人拉开距离，渐行渐远。

现代生活，每个人都有自己的一份事做，彼此来去匆匆，一天难得会有几个小时待在一起。所以，要珍惜与伴侣在一起的朝朝暮暮，争取时间，可以使家庭更甜美，而不是只停留在周末的积累上。

凡“美满”的家庭，一般都有着正常的、平稳的生活规律。两个人会很注重彼此在一起的感觉，不管工作有多忙，双方都努力腾出时间来和对方相处，分享快乐。

为了避免“单人行”，那么，就要努力尝试着两个人共同做一些事情。这里所说的“共同的事”，指的是两个人在生活中的各种美好规划，例如，一起去郊外露营，一起去串亲访友，一起去计划周末安排，一起去打理投资，一起去进行健身，一起去看电影，一起去约会等，这些“共同事件”没有刻意去做，而是日常生活中规律性的安排。两个人花时间在一起做普通的消遣，它的目的是两人一起去经历，传递了关心对方，喜欢与对方在一起这种信息。在这些共同做的事情里，双方强调的是身在一起，并且给予对方全部的注意力。图的是家庭之乐，身心内外的放松，以及在情感上的交集。

例如，一位丈夫非常喜欢看足球赛，几乎是每场大赛直播必看，并奉陪到底，而妻子则喜欢静悄悄地坐在旁边打毛衣，并把丈夫的这种爱好看成小孩子的把戏。后来双方发现，如要使两人的关系得到进一步发展，妻子须更进一步理解丈夫的这种爱好，而丈夫则应帮妻子加深理解。于是，经常在吃过晚饭之后，为能同时观看球赛，丈夫走过来帮妻子收拾碗筷，两人坐下来边看边谈球赛。通过这种生活中细微的一幕，双方解决了矛盾，共享了欢乐。

“有缘牵手，彼此珍惜。”在夫妻之间，陪伴也是一种人的进化本能，人喜欢用身体语言来表达自己的善意和亲密，从而消除心理防御，产生信任感，就像小孩子都喜欢依偎在大人身边一样，这种信任感能促进夫妻相互间在生活上的亲密关系，增进相互的依赖性，从而形成一体。

婚姻中只争朝夕，即是指守时、惜时，守时是尊重爱人，尊重爱情，惜时则是双方花更多一点时间相处。如果夫妻间在人格上互相敬爱，身体上又长相厮守，那么，他们相互间便自然产生一种淳朴真挚的亲密感。正因为形成这种关系，才得以相互无所顾忌，同吃一盆菜，连内衣也彼此抢着洗或让对方代劳。两个人携手共对生命中的艰难困苦、共享喜悦欢乐；既有共看花开花落的情致，又有举案齐眉的默契、与子偕老的深情，那就是一段美满、温馨、巩固的姻缘。

三、钱在一起

夫妻一筷，和谐恩爱。筷子的使命总是需要双方共同来完成。筷子在取物时，不论彼此的长短、粗细、大小和弯曲如何，都目标明确，配合默契。

夫妻间要像筷子一样目标一致，互相照顾，互相协助，共同选择。达到双赢的局面，是最为理想的婚姻境界。

俗话说，“要做神仙眷侣，首先要做柴米夫妻”。

尽管和自己喜欢的人一辈子柴米油盐是一种幸福，但柴米油盐也要花钱。幸福，需要基本的生活保障，这也是夫妻双方的责任。

天下没有好赚的钱。大钱都是从小钱开始累积的。都说“家家有本难念的经”，在夫妻相处中，双方有一致的金钱观很重要，因为，一个“家”由两个人组成，没有彼此共同的努力，是不可能支撑起一个完美的家庭的。

从汉字词源学上来说，“贵”字拆分中有一贝，“贫”字拆分为八刀贝。贵是素养所致，而贫是分贝所致。相对于财富而言，富有是因合力聚集而成，贫穷是因分心耗散而导致。夫妻之间，只有齐心合力，优势互补，互利互惠，获得规模效应，才会聚集更多财富。

夫妻钱在一起，是为夫妻间的关系作投资，来填满彼此情感的箱子。既然同在一个屋檐下生活，成了一家人，各自的财务状况就应当公开，以便夫妻共同分担家庭收支，进行财务管理。而不是同吃一锅粥，想着两家事，分心自然分力。

夫妻俩钱在一起，起决定作用的不是钱的多少，而是两个人内心对待它的态度。爱人不一定要有钱，但一定要一同分享，在这样的情感里，一份牛排和一碗面的价值是相等的。在夫妻中，一方总会说："我愿意给你我的一切。"把自己拥有的最宝贵的东西拿出来共同分享，"给"会比"得"带来更多的愉快，这不是因为"给予"是一种牺牲，而是因为通过"给予"表现了爱的意志力量。

夫妻关系中有一个互惠原理，这一原理认为，人是情绪动物，世界上没有无缘无故的恨，也没有无缘无故的爱。给予他人什么，他人就会给予你什么，剥夺他人什么，就会被他人剥夺什么；信任他人，就会被他人信任，怀疑他人，就会被他人怀疑。从长期的角度来看，诚实的人永远不会吃亏，这是由生活的规律决定的。

爱他人就等于爱自己，这句话其实已经道出了婚姻生活中关键的"黄金定律"，当你满足对方真正的需求，同样对方才会相对给予你真正所需要的。这也即是人们常说到的"将心比心""以心换心"，"舍"与"得"。因此，夫妻之爱也是通过相互的"给予"，来赢得对方的信任，一同演绎同舟共济、同甘共苦的爱情生活。

四、说在一起

如果把相爱的两个人比做一双筷子，那么双方的交集就在于分享。两个人，彼此能说在一起，分享思想，分享时间，分享热情，然后继续各自过本来的生活，这才是婚姻的健康状态。

婚姻的本质就是两个不同的人，过同一种生活。这种同步性，强调两人意识到彼此的默契，彼此的相似性。通常，两个人在相识之初，空间距离的远近决定了彼此的亲疏程度；然而，随着时间的推移，那些有共同语言，个性品质上相似的人，更能情投意合。人们常说“酒逢知己千杯少，话不投机半句多”，就是这个道理。

夫妻之间每天交谈，这是最重要、最能表示关爱的形式，是传达感情、信任、尊重的信息波。说在一起，强调双方共享和面对所发生的事情，从而感到夫妻是一体的。交谈也是一种自我宣泄，人如果长期压抑自己的情绪，就会变得更加抑郁、暴躁、焦虑。因此当一方心里不痛快时，适宜找家人诉说一番，建立新的心理平衡。这样内心的压力便会减轻，双方感情也会进一步得到加强。

在爱情和持久的夫妻关系中，从来都没有消极性字眼的位置。有道是“甜言蜜语三冬暖”，很多时候人都忽略了这么一个事实，一句不经意的话语都将给别人带来意想不到的收获。“言为心声”，智者可以用一句话把人说笑，说话可以体现出一个人的语言素质，一个会说话的人，必定会有礼貌，懂得看时机、分对象、把握分寸、掌握语调、分场合。

一个人在社会交流中，语言通常要缓慢、谨慎地进行。“聆听”是很重要的沟通技术，往往被人们忽略。在男女认知系统中，同一个字眼的意义，往往会南辕北辙，引起误会。在夫妻间的对话中，并不需要目的性太强的语言，夫妻间生活琐事的交流会使双方更容易亲近。两人说话一定要保持愉快的语调，温柔善意，大胆鼓励肯定对方，让对方知道自己的感情，表白自己的欣赏、喜爱与专情，并且只说那些有益的字眼。夫妻双方都不要太严肃，每天在交谈中伴着笑声，这是健康婚姻的处方。不要吝啬说“爱”，有助于增进相互的认同。这种相互交融、相互吸纳、相处共生的感觉会让人更加欣赏自己，起到正面强化的作用。人生活在这样的家庭环境中，能获得强烈的安全感和归属感。

五、情在一起

夫妻如筷，冷热不辞，甘苦与共。筷子不惧高温寒冷，能纳酸甜苦辣。和谐的夫妻关系也该如此。两人既然成了夫妻，便要守住一个“情”字，这样才是共命运的夫妻。

“人非草木，孰能无情？”人与动物的最大区别就在于人具有社会性，人与人之间存在着各种互助关系，相互关心、相互帮助是人类美好的属性。保持家庭稳定最基本、最重要的条件之一是情。

这是一个很神奇的发现，所以说，人海茫茫中能够认识现在睡在你枕边的人是多么幸运的事情，要好好珍惜当下所拥有的，不要等到失去才后悔！

字典里的“情”字，竖心旁加一个青，意思就是一个人受到外界影响所引起的各种各样的心理状态。在一个家庭中，男人与女人都需要情与爱，并在这一基础上孕育、培养下一代。它如同雨水，如果一家人感受不到情与爱的存在，这就等于违反了自然法则，就像天不降雨滋润大地，大地就会干涸，成为沙漠或荒丘。

《圣经》中曾提到，丈夫和妻子要成为“一体”。那并不是说，一个人要失去他的身份，而是说要以深刻、亲密的方式，进入彼此的生命中。婚姻中，夫妻双方感受到彼此的深情，是最基本的需要。情，维系着人的一生，也丰盈着人的一生，假使这些情都没有了，即使拥有再多的财富，也没有用，物质的东西始终无法取代人情感上的爱。

情最显著的表现就是奉献与牺牲。平时不显山露水，却真心维护着对方，把自己认为最好的给予对方。和成千上万的人一样，人总会经历过婚姻中的痒和痛，也会有各种各样的困惑和烦恼。但这种困惑和烦恼到极致时，两人总是惊奇地发现，原来自己是那么的在乎彼此，在乎对方在自己心里的分量和位置，因为有这份情在。都说婚姻像围城，倘若能经常给自己和对方一架梯子，缘墙而起，既采撷城外的阳光雨露，也铭记城外的风暴严寒，退而修缮巩固自已的一片深情，这该有多好。

有一只满溢情感的箱子，对方多半会以你能了解的语言，来回报情感上爱的需要。当两个人情感上的需求都得到满足以后，婚姻将会进入一个全新的纪元。

六、家在一起

人生如同一场又一场的宴席。夫妻就像一双筷子，通过相互合作、宽容、理解、信任、尊重、欣赏来品味人生。而夫妻共度美好时光，承载这一切的就是家庭。

家庭就意味着两个人搭伴过日子。如果一个人一辈子独自过，生活在孤立的世界，绝大部分人都会觉得很孤单。于是就选择成家，因为家可以说是最有安全感的地方，女人需要安全感，男人同样需要安全感。家是一个让人可以放心、可以舒心、可以依靠、可以信任的地方。所以说成家是人过完这辈子的一种方式。

人就这么一辈子，所以要选择一种最舒服的方式来度过，家就是一个让人感到快乐的地方。夫妻如能连续庆祝银婚和金婚，自然是长期稳定的共同生活者，年轻时共享欢乐，工作中互相帮助，晚年白头偕老，这才是真正的共命运。

一个家，就是一个天下。没有家庭的和谐，就没有社会的和谐，没有家庭的平安，就没有整个社会的安宁有序，家和万事兴。

人类存在的中心，是渴望跟另一个人亲近，被另一个人所爱。家就是被设计用来满足那种亲密和爱的需求。人类早期社会便存在这种互相依赖的关系。最初，人类的祖先是在树上“架木为巢”的。约7000多年前，人类学会了到地上盖木房子为屋，并开始驯养野兽为家畜，为了防止外来的侵袭，那时房子的结构一般是上下两层，上面住人，下面做猪圈。这就是人类最早的“家”。在西汉许慎所编撰的《说文解字》中：“宝盖头”为屋；“豕”为猪。家从字面意义来解释，就是屋子里有一只猪。因此，家是夫妻共同经营，编织着梦和苦辣酸甜的一个窝，是一个随心所欲、自由自在、放松身心的地方。它不用太华丽，也不用太规矩，无论一个人在社会上怎样循规蹈矩、谨小慎微，在工作中怎样辛苦劳累，回到家，都会得到休息和缓解，恢复应有的精神。

家在一起，因为家是风雨相依的两人世界。家不是房屋、电器、轿车，不是物质堆砌起来的空间。物质的丰富虽然能给人们一些感官的快感，但是转眼即逝。家更主要的是一个心灵的归宿和依托。试想，在这一空间中，如果充满暴力和冷战，同床异梦，貌合神离，“家”将不成为其家，而成为一个争斗战场。

家需要有爱的亲人。需要那份特别的真情实感，两个相互牵挂的人就是家，家在这里上升为一种信仰，一种宗教，一种支持精神力量。

家是讲爱的地方，爱是英语中最重要的字，也是最难以定义的字。世俗和宗教的思想家都同意，爱在人生中扮演了一个重要的角色。无数的哲学和神学思想，都为爱留了一个显著的地位。

家不是讲道理的地方，而是一个讲感情的地方。家虽然平凡得如柴米油盐酱醋茶；但失去它时，掏心掏肝也找不回。家是爱的聚合体，试看天下之家，皆为爱而聚，无爱而散。

家是一个人疲惫时的港湾，家是在黑夜永远高悬在前的孤灯。家作为传递爱的载体，从父母传给孩子，再由孩子向下一代传递。在家庭中居第一位的，不应是亲子关系，而是夫妻关系。夫妻关系是家庭的“定海神针”，在一个“三世同堂”的家庭中，如果夫妻关系是家庭核心，拥有第一发言权，那么这个家庭通常比较稳定。

在中国传统文化中，有了家便会形成一种意识形态，即“家风”。“家风”是一家子的风气，或者说是价值观，家风是一个家的核心竞争力，它会对孩子产生很大影响，家风一旦败坏，这家人的品德也会出现问题，这个坏名声会一下子在街坊邻居间传开，很快就没有人愿意和这家人交往。一个家庭中，“妻贤夫祸少，子孝父心宽”。在中国古代，女人的素质是家风最重要的因素，一个女人懒惰，奢侈，爱说闲话，不守妇道，这就不是好的家庭。男人如果是不求上进，不爱读书，赌博成性，醉生梦死，也不是好的家庭。家庭成员过于拘谨，按部就班，这样的家庭是死板的，从刻板的教育中走出来的孩子也是死板的。家庭民主化程度越高，积极性越高，家庭成员的聪明才智才能发挥。片面家长制之下的家风实际是对家庭成员的严重束缚，这种家风和专制制度一样使人窒息。

在家庭关系中，只有夫妻关系好，孩子才会学习真正的爱，夫妻关系也影响孩子的性格。一个男人如果不尊重他的妻子，那么，他的儿子就学会了在学校不尊重他的女同学；一个女人如果不尊重她的丈夫，那么，她的女儿就学会了在学校瞧不起她的男同学。从父亲身上，孩子明白什么是男人，什么是丈夫，什么是父亲；从这位坚强的母亲身上，孩子明白什么是女人，什么是妻子，什么是母亲；从这对患难夫妻的关系中，孩子明白什么是爱情，什么是婚姻。因此，父母互信互尊、相亲相爱，就是对孩子最好的教育。

研究儿童的心理学家确定：若要一个孩子的情绪稳定，必定要满足他某些情绪上的基本需要。在那些需要中，没有比家更重要的。家是充满爱和感情的地方，使孩子感觉到有所属、有人要。借着适当的感情供应，孩子有可能发展成一个有责任感的成人。缺了家庭的那种爱，孩子未来就会在情绪和社会交往上表现出有问题的一面。

事实上，在每一个家庭的成员中，都有只“情感的箱子”等着被填满爱。当家庭成员真正感觉到被爱，他才会正常生活。但是，当箱子是空的时候，就会出现问题行为。

生活就是生活本身，过好每一天，就是生活。家是生活的堡垒，是一张永远的回程票，是一扇永远开着的门！伴随着体贴入微的关怀、锅碗盆瓢的交响、撒娇拌嘴的乐趣。然而，人生如歌，婚姻如画，岁月会使它走向平凡。婚后几十年的夫妻，或者在人世的竞逐中遇到坎坷曲折，或者疲惫不堪，对于志同道合的夫妇来说，他们更需要一如既往地用心灵、用智慧、用双手，去创造美好的家庭生活。

第四章 夫妻同命姻缘——勿逃避

一、敢于面对

人的婚姻生活，好比一桌盛筵，举筷之间，酸、甜、苦、辣、咸，皆可入席，一切滋味尽在心中细细品味。

五味杂陈，才算得上完满的酒席，"五味"的"五"，是言其多的意思……一个完满的婚姻，应该是"五味俱全"而又不会"打破瓶子"。人生五味中，如果只保留了一味"甜"，"甜"也就不复存在。

婚姻具有两面性，早期双方会有意识地对自己进行包装，展示优越的一面，隐藏缺陷的一面，以赢得对方的爱。性格偏激的会变得温和有礼，经济条件弱的会出手大方，随着时间的推移，夫妻双方又回归到柴米油盐酱醋茶的阶段。婚前种种承诺无法兑现，当美好生活期望落空，日子过得愈来愈拮据，原本美满幸福的生活也就出现了危机。

明朝文学家冯梦龙曾在《警世通言》中提到，"夫妻本是同林鸟，巴到天明各自飞。"即在现实生活中，夫妻在欲望、贪念的驱使下有可能会做出分离的举动。"天将降大任于斯人……"所有的所受的苦难都是有用意的。两人一起创造生活，既能同甘，又能共苦，不离不弃，愿意为彼此付出的夫妻才是真正让人羡慕的夫妻。也正是在天灾人祸的艰苦考验中彼此搀扶，患难与共，才能显出夫妻间的真情义。有一项态度测验表明，伴侣之间最欣赏的，不是外表或风度，而是勇气。一段好的婚姻，带给你的绝不仅仅是一个陪你逛街游玩、吃饭的爱人，而是一个风雨同行、携手向前的人生。

二、多面沟通

夫妻间要像筷子一样的平等，相宜，情感才默契。因此，理想婚姻的基础，需要尊重对方的独立，同时可以坦然地敞开自己的心灵进行沟通，双方理解、信任、包容。

人的行为基本就是在证明“自己是对的”。毫无疑问，那些相信“婚姻是爱情的坟墓”的人，到头来婚姻中往往会出现“红灯”。

人的眼睛总是朝外界看，看到别人却看不到自己，所以一个人对他人的了解远过于自己，自己喜欢的东西，别人不一定喜欢，人只看到别人对自己不好的部分，却看不到自己伤害别人的地方，这是人性的共同点。

感情的分分合合，谁能够用理性来说得清楚呢？所以沟通与认知是夫妻关系的核心，当一方无法与另一方分享生活中大大小小的事情，或者是无法形成互动，对话交流在两人之间难以展开的话，强烈的孤寂感便会油然而生，如果需求得到满足，两人之间的情感联系就会加强，而如果人得不到满足产生失望之感，就会削弱双方之间的关系，如果一方在心理上的需求长期得不到满足，就会使两人的关系疏远或终止。

纽约心理学家帕特里西曾将恋人亲密关系的不同层面，比喻为金字塔。最基本的层面是组织活动：作出一些简单的决定，如到哪间餐厅吃东西，或者看电影。第二层面，是双方分享生活细节上的不同感情。第三个层面，是在双方沟通中剖析自己内心世界，表现出个人深切感受。

在婚姻中，真正的爱情不是一路甜美到最后，而是充满了矛盾纷争。和所有的世事一样，你必须把好的一面和坏的一面同样接受，而不是选择只接受其中的一面，甚至会认为婚姻模式是只有好的那一面。

三、变换角度

如果把夫妻比作一双筷子，两个人既有交集，又有平行。既是一对共同体，又是各自独立的个体。

从心理学角度来说，人有一种被称为“自我肯定”的行为倾向，每个人都看重自己的价值观，于是人常会将自己的偏好误认为是别人的偏好。

据研究发现，人们在生活中常常将自己这种心理特性，如个人喜好、欲望、观念、情绪等归属到他人身上，认为其他人也有这样的特征。例如，一个喜欢怀疑的人，则常常认为别人在怀疑自己；做人诚实的人会以为别人也是诚实的；喜欢算计他人的人会感到别人也在算计自己；喜欢说谎的人，就认为世界上总是充满欺骗；自己感觉良好，就认为周围人都认为自己很出色……这一种现象也称为“投射效应”。

在夫妻之间常出现这种情景，许多人认为，随着时间的推移，会改变对方。人总是试图以平日一贯的强势态度来改变对方的价值观，认为自己惯常喜爱的行为方式，对方也能学会并喜爱，甚至认为，如果对方采用了自己所看重的生活方式，变得跟自己一样，生活就会更快乐。

婚姻中，随着岁月的流逝，双方都会磨去各自的棱角。但是，并没有人能使对方改变自己的意志。这样，矛盾就出现了——每个人都有着不同维度的人性需求，怎么可能与其他人一模一样呢？因此，夫妻间的冲突往往就源自“自我肯定”，源自双方心理需求的不平衡。

爱尔兰作家萧伯纳曾说：“倘若你有一个苹果，我也有一个苹果，我们彼此交换一下，我们仍然是各有一个苹果；倘若你有一种思想，我也有一种思想，我们彼此交流，那么我们每个人将有两种思想。”婚姻并不是强迫，而是让双方实现各自的愿望和价值。因此，夫妻之间需要多换位思考，尊重对方的本性，多互相体谅，理想婚姻的结构是不同态度和观念可以共存，共同面对问题。

四、积极参与

夫妻如筷，追求同步性与一致性。

古人说的夫唱妇随，即夫妻间的“同步”，两人之间相互配合，琴瑟和谐，形成了一种默契。

就像宇宙万物都遵循规律运行一样，家庭是一个系统，有着其运行法则。如果一旦违背了系统运行的规律，运行就会出现问题。

夫妻之间，每个人都在家庭的共同参与中扮演一个角色，并形成一种秩序，包括两性关系、亲子关系以及情绪管理等。秩序与规矩存在的原因，不仅是为了约束，更多是为了保护。

在中国传统中，一个健康的家庭里，丈夫的角色，首先要围绕着这个家庭来服务，所有的付出，都该让女人产生幸福感和安全感。丈夫应顶天立地，为女人撑起一片天。而女人要做的，则是信任丈夫，并且用心去跟随，这也是中国文化中女人的角色，嫁到一个家庭，就要属于并且信任丈夫，信任这个家庭。

家庭里有很多复杂的关系，还有整个社会文化大系统的问题。个人的行为和整个家庭系统是互相影响的，例如一个孩子至少生活在三个系统中：家庭系统、社会（学校）系统和同伴系统，这三个系统有些部分是重叠的，因此孩子最终的成长与这三个系统都有关系，只管一个系统是不够的。

“家事”是家人共同经历的事，往往影响夫妻关系的融洽程度。家庭活动，重在参与。家的观念所注重的，不仅是家庭本身的意义，同时也体现家庭成员的共同经历。在一个家庭中，如果丈夫或妻子的角色长期缺失，长期不与家人接触，成为一个家庭系统里可有可无的人，当自己的心都没有放在家庭的时候，自然也不为对方所重视，共同语言减少，就会导致家庭中的种种冲突和问题。

天道酬勤，婚姻也是这样，一个健康的家庭单位，在家庭事务中，需要共同参与，共同建设，通过互动的过程，妻子取悦丈夫，丈夫也取悦妻子，夫妻彼此照顾到对方的感受，按照家庭原有的系统使家庭良性运转。

五、真心扶持

如同筷子一样，婚姻的本质也是一场合作。

在婚姻中，合作式的爱情要远远好于交换式的爱情。从经济学的角度看，婚姻就是两个人搭伙过日子，共同经营生活，一起为这个家庭努力，当然，中间会产生一些分歧，但是，不是大的原则问题就没问题，双方就应该互相原谅，继续努力。如果有一天，其中的一个不顾其他人的利益与感受做出有损家庭和睦的事情，就会使家庭陷入危机。

人是不可能脱离周围这个世界独立存在的，夫妻之间更是如此，你撑一把伞给我，我撑一把伞给你，就能共同撑起一个完整而和谐的家庭。

万事万物的运行，都有自己的法则。如果不遵循这个法则，系统就会失衡，就会出问题。在社会生活中还有一条通行法则，即从来都没有靠单打独斗成功的人，任何成功者都是在合作的基础上来成就自己。夫妻间的合作，离不开对方的真实需求，要做到这一点，一方就得理解另一方，能够放下自己，站在对方的角度，设身处地地为对方做考虑。一旦偏离了这一需求，就会出现双方不同步的情况。例如，有三位即将走进婚姻殿堂的准新娘，当人们闲聊中问及她们结婚的目的时，一位说："我只是想找一个帮我分担生活重担的人，我不想做的事，统统都可以交给他去做。"另一位说："我只是想找一个有钱的人嫁了，过上衣食无忧的生活。"最后一位说："我们已经讲好了，婚姻中互不干涉，没必要彼此牵绊！"事实上，这样的婚姻从一开始就失去了存在的意义。他们喜欢各自为"政"，抵触共同"担当"的家庭生活，越是如此，越是难以拥有真正幸福的婚姻。

夫妻间的扶持，从本质上看就是一种付出和奉献，但从效果上看，双方在相互帮助的同时也取得了极大的收获。

美好的婚姻并不是指碰到最好的人，而是指两个人相互扶持成为更好的人。婚姻中能够“想对方之所想，急对方之所急”，真正为伴侣排忧解难，这一切的背后是双方无尽的恩爱，有彼此在一起合作与生活的诚意。那些合作型的夫妇，在尊重与欣赏对方的独特、倾全力相互支持的基础上，通过两人共同商量，相互扶持来处理家务事，满足双方的各自需求，婚姻才能保持长久。

六、珍惜姻缘

筷子有不同的材料，包括木、竹、塑料、象牙、钢等，人也有不同的性格，世间百态，每个人的品味、习惯、素养皆不同，夫妻相处的方式也不同，一百对夫妻有一百种相处的方式。

缘无处不在，人一生中要遇上形形色色的人，各种各样的事，东奔西走到许许多多的地方，接触各种各样的环境……这些际遇都是人生中的缘。

在中国神话传说中，提到夫妻是缘，前世注定，前世的因果，今生的缘分，恩爱夫妻是报上辈子的恩情，恩尽义绝，下辈子就不会结为夫妻；要是恩情还未了或愈结愈深，下辈子还是要结为夫妇。

一切顺其自然，称为随缘。每个人都不是完美的，世界上既有自己不喜欢的人，也有不喜欢自己的人。同样，生活中有许许多多人，因为许许多多理由让自己不喜欢，甚至与其难以和平共处，然而，所有这一切正是因为缘分这条线的牵引才碰到了一起。所以，人要珍惜的不仅仅是那些善缘，同样也要坦然面对“恶缘”。

当两个人进入到了婚姻状态后，两人的交集便渐渐地不再局限于之前的花前月下，也不仅限于那些浪漫的场所；双方会面临种种环境，有更多的人加入，更多的声音进来，更多的事情发生。

这一切，意味着一方允许对方完全进入自己的世界，对方也接纳你全然进入他的世界。

在婚姻中，两个相爱的人从茫茫人海中走到了一起，成了彼此人生的见证，这份姻缘是多么的珍贵。只有去珍惜这份姻缘，才能去体谅对方，理解对方的不容易。而不懂得去珍惜的人，永远看不到别人的痛苦，永远觉得周围总有人比自己过得好。总是在怀念过去或憧憬未来，其实，过去和未来也未必比现在好。因为记忆具有选择性，筛去的总是痛苦和不愉快，留下的是美好。而对于将来，人通常会把它想象得很美好，却难以预见一些不愉快的事情。

珍惜姻缘，每天带着发现美的眼光去生活。要记得，停下匆匆忙忙的步子，闻一闻花香；找些空闲，沿着海边散会儿步；去林间空地，徒步登山。不要活在过去，也不要活在未来，而要活在当下。像儿童那样，对生活充满好奇心，以欣赏的眼光去看待身边的一切，不虚度每一天弥足珍贵的光阴。不要想当然地以为一切都该是这样子的，不要忽视了生活中的细微之事或物。

婚姻中遇到多大的事情都不值得自己去破坏。好的夫妻，永远不对爱人说重话，永远不去做破坏气氛和心情的事。婚姻的长久之道，在于超乎寻常的珍惜和宽容，接纳对方的独特性，即便自己有时并不总喜欢所爱之人的行为。只有珍惜姻缘，心怀感恩，幸福才会常在。快乐属于知足者，幸福属于感恩者。用平常心对待无常事，用感恩心对待每个人，幸福和快乐就会不请自来。懂得感恩的人，遇到祸也可能变成福；只知抱怨的人，碰上福也可能变成祸。婚姻幸福的秘诀，就是不抱怨过去，不迷茫未来，只感恩现在。

第五章 夫妻以退为静——练默契

一、心心相印

夫妻间要像筷子一样的地位平等，长短相适。筷子长短大致相当，而且彼此相对独立，夫妇亦然。

幸福婚姻其实很简单，两个人心心相印，多些理解，多些感恩，你想别人如何待你，你就要先如何待人。珍惜眼前人，人心都是肉长的，以心换心，将心比心，心心相印，才会有真爱。

心心相印，是夫妻交流的最高境界，也可称为心灵感应。每个人的身体四周都有一种看不见的磁场，当两个人心意相通，步调一致，相互取悦时，周围磁场就能相互兼融，脑电波也仿佛调频一致了因而形成“共鸣”。

爱本没有定式，爱就是由于认同所带来的强烈感受，繁体的“爱”字中原有一个心，是说爱是和心有关的。喜欢反过来是欢喜，欢和喜都是快乐的意思。喜欢和爱的来源都是对对方的某种特征的认同，这种特征符合自己的心理评价系统。被对方认同就会引起对方的喜欢，被认同的特征越多，喜欢就越持久。

心理分析家断言，通常丈夫对妻子表现出爱情就足以激起她的爱情。“心心相印”不需特别的技巧，只需要摸索对方的心，站在对方的立场思考事情，顺着对方的态度说话。只要能够诚挚地向对方表达关心，彼此自然就能处在和谐关系中。要应用十分感性的话和对方闲聊愉快的事；双方有纠纷，恶言相向之前，先用理性调整自己的感情，掌握用心说话的艺术。“说什么话”在沟通中相当重要，但有些时候比“说什么话”更重要的是“如何去说”。

人在社会上的不快乐，多是受人际关系不如意的影响，在复杂又微妙的婚姻关系中，有许多事情是有理讲不清的。要确切记住的是，改变自己的做法。其实只要稍稍动一下脑筋运用些方法，就可以不露痕迹地让对方接受自己的智慧。例如，当夫妻间的一方正在哭泣时，最好的方式不是说“不要哭”，而是说“你一定很痛苦吧，想哭就哭吧”，或者“陪你一起哭”，这是“共情”，即站在对方立场思考的一种方式。人类最高级别的陪伴与安慰，永远是站在理解的基础上，就是理解别人的感受，并陪伴他。

在婚姻中，如果双方都有心，就会在生活的变化中，不断地学习，花一辈子的时间去揣摩与了解对方。当一方说出了另一方想要说出的话，做出了对方想要做的事。这说明自己做到先知先明，读懂了对方。

二、眉目传神

筷子强调共性，单只筷子无法使用，如同夫妻关系。

夫妻要有效地传达彼此的爱，必须要学习用对方听得懂的心理语言去进行交流。

每个人在儿童时期，就发展出了自己独特的情绪模式。例如，有的发展了强烈的自尊心情绪模式，有的发展了缺乏安全感的情绪模式等等。在语言的领域里，虽然每个人都有自己的基础语言，但基础语言只能进行有限沟通，并不等同于情绪及心理语言。

如何用表情来传达意思，这一特点体现为眉目传神。

常言道：眼睛是心灵之窗。人内心的情感总会在眼神中无意地流露出来。对夫妻而言，眼神交流至关重要，许多与爱有关的成语，都提到了眼睛，如含情脉脉、暗送秋波、一见钟情……四目相望对爱情有重要的推动力。据对行为信号的剖析研究，人们如果看到动心的事物，瞳孔便会无意识地放大，一组心理研究报告表明，男女如果对视不多于一秒钟，说明相互之间没有吸引力；对视两秒钟，表明有好感；对视三秒钟，体现为情愫暗生；对视四秒钟，表明有一定感情；对视五秒钟及以上者，就已经到了步入深爱的阶段。情侣之间更应如此，一个眼神也许就能让对方感受到你的尊重和爱意。

正因为这样，目光为了解对方的心灵提供了信息，这些行为会让对方觉得另一半是发自内心地喜欢自己，是本能的反应。长时间的凝视，会给对方一种肯定的暗示。与亲密的人接触时，一定要直视对方的眼睛说话；眼睛老往别处张望，体现为对人的不尊重，就算是遇见不喜欢的人，也必需注意聆听对方说话，了解对方内心深处起了什么微妙的变化，这些行为实际做起来并不难。

万物原本就是相辅相成的，婚姻中，当双方达到彼此的认同，思想感情趋于一致时，便会形成某种默契，即使心意不用说出，也可以互相了解。两人交流像和风细雨，似潺潺流水，丝丝紧扣。当两人都能进入对方的情绪状态之中，便会对一件事同喜同悲，即“情境同一”。人生无常，只要心灵相通，无常之中便有了一种超越，一种瞬间的永恒！

三、肢体语言

如同筷子一样，缘分用婚姻的方式把两个人“折合”成了一个人，既然是一个人，就应该有着共同的目标和方向，携手并进、相濡以沫地走完一生。

水能载舟，也能覆舟。很多时候，人常常会忘记自己在家庭中所持有的力量。一句激励的话，或是一次温柔的抚摸，都能让对方充满信心。但是同样容易的是，一句责备的话，或是冰冷的态度，也会让一方心灰意冷，感觉一败涂地。

在社会生活中，人与人之间的交流有65%是非语言的，人的一举一动，都包含着交流的信息。一个好的家庭，往往善于交流，以学习的方式面对家庭矛盾，解决家庭问题，让冲突转化为资源。他们在解决问题的时候常常节制自己的感受，通过不断地交流，慢慢地学会了怎样超越自我的樊篱，学会掌握对方的语言，学会了怎样面对一切，婚姻中怎样走才是最好。

身体也能表达人的思想，也就是说，人的心灵会跟着身体运作。一方一个动作一个手势，甚至尚未形之于外的某个心念，都能令对方会意。很多人在闹别扭时，常会双手抱胸，采取防卫姿态，但当心灵开放时，身体便会很自然地放松，同时也会很自然地使用身体姿势来加强沟通。

在生活中，人要经常反省自己以往使用肢体语言是否有效。心灵的疏离总是从身体的疏远开始，在夫妻间，或许是每天一个拥抱，或许是出门前一个亲吻，当双方尽量用轻松的姿态、手势，声情并茂地和对方交流时，快乐就在其中。

四、事会说话

筷子永远是平衡的，如同婚姻关系，每段关系里都需要两个人，因此每个人都有50%的力量，只要一方愿意正向改变自己，就会带动关系中的正向互动。在稳定的婚姻里，夫妻这种正面的互动行为至少比负面的多出五倍。一旦这个比例开始往下掉的时候，婚姻就容易出现问题。

一个家庭就像一个国家，没有冲突的婚姻，几乎同没有危机的国家一样难以想象。家庭也有种种事务，也要衣食住行，也要对外交际。家庭也需要有稳定的秩序，有厚实的经济基础，有平等的家庭环境，有和谐的家庭氛围，满足家庭成员的各种需求，家庭会教育孩子要做好人，做善人，人不犯我，我不犯人，跟邻里关系要好。无论是小家，还是国家，都是建立在合作的基础上，要是只想到索取没有奉献，就会出现矛盾。夫妻双方要形成“共识”，对家庭要具有奉献精神。

夫妻双方由单独生活到共同生活，需要调整各自的生活习惯。在持家、工作、思想、性格、志趣等方面都要经历一个从不适应调整到适应的过程。要完成这个过程，夫妻双方要抛弃以自我为中心的生活方式，建立共同的生活目标。反之，我行我素，仍然按照过去单身独立的生活方式行事，或者强令对方迁就自己，都会给夫妻生活带来矛盾。

人世间，人能做的大事实在太少，多数情况是做一些具体的事、琐碎的事、单调的事，也许鸡毛蒜皮，但这就是生活，是成就大事不可缺少的基础。婚姻也是如此，充满琐碎的、繁杂的、细小的事务。这些事做成了、做好了，并不见什么成就；一旦做不好了、做坏了，就使人受到连累，甚至把一件大事给弄垮了。注意事务细节其实是一种功夫，这种功夫绝非一日养成，而是靠日积月累培养出来的。

五、制造气氛

用筷子体验千变万化的人生筵席，需要用心去品味，才能领略到其中的真趣。

清代词人纳兰性德曾写过“人生若只如初见”这样的词句。与恋人刚刚相识的时候，是人生最美好的时光，甜蜜、温馨、深情、快乐。

许多人结婚后，随着时间的推移，夫妻关系变成只是家务分工，忙进忙出，所有谈话内容都以生活琐事为主，很容易变得无话可说、心灵陌路。日常生活是十分琐碎无聊的，有不少这样的情况，许多夫妻争端都由一些细节小事引起，例如，饭菜不合口味，哪句话的语气不对，房间不清洁等等，一些看起来不值得为此而起的争执，不断地上演，进而升级为“不爱自己”“否定对方的全部”，令人感叹相爱容易相处难，这种情况特别容易使人感到厌倦。

生活中，人有时会产生这种感觉，明明感觉到一种潜在力量的存在，却又说不清道不明。每个人的情绪都会受到周围环境植入的影响，这种植入式的情感会导致自身的情绪发生变化。

人与人之间交往，常受“气氛”的影响，假如一个人的情绪中充满了消极的东西，对方自然会受到消极的影响。在一个两口之家中，如果住房面积有 80 平方米大小，那么在这一空间中，就有两个不同的物理环境与人际环境的气场，如果两个人关系并不和谐，这一空间中就会充满负能量，使人心情变得暴躁与抑郁。

据一项研究发现，自然环境对人也有很大影响，当一个人与自然界的事物直接接触时，他能感受到的能量会比平时更加强大。同样，当一个人光着脚走在户外，他感受到的能量会和穿着鞋子时所感受到的截然不同，当人从喧嚣的城市中走出去，在野外待上一段时期，会感到身体里又重新充满能量。

不同的季节，不同的日子中，两人可以一起抽空去乘车旅行，回忆过去。或者在公园里租自行车，骑车直到自己觉得累了，然后坐下来，观赏风景。

在春天或者夏天，双方来一次周末的离家出走，去山里共同野餐，铺条桌布，一起品尝美食。告诉彼此，自己最喜欢做的一件事是什么。两个人共同住进山间旅社，在昏暗的灯光下，像从前约会时那样谈话，彼此分享过去。比如谈谈自己的童年，从什么时候开始自己觉得父母以自己为荣，童年最难忘的一件事是哪一件，在其间可送对方一些能表达爱心的有纪念意义的特别礼物。

要使婚姻变得和睦，精心营造充满善意的氛围十分重要。制造气氛是一门生活的艺术，需要用心对待才能得到。例如有一位企业家，每天晚上总是带着满满的文件包回家处理，加班处理，十分疲倦。之后，他听取了妻子的建议，每天早一点睡觉，第二天早起一个多小时，在家工作一会儿，“剩余”时间就成为夫妻二人最美好的享受。他们在一起吃完早餐后，没有电话干扰，两个人手牵手，一起在公园里享受新鲜空气，畅谈生活，放松心情。从心理学的角度讲，勾着手臂只不过是礼仪，只有手心叠在一起才是真正的相通。

一个家庭的气氛对婚姻幸福起到重要的影响。在夫妻之间，任何情景下，都不要触碰对方的心理底线。每个人的心理底线是其在某一方面保护自己的最重要的防线，也是最后的屏障，不同的人心理防线的深浅也不一样，这是一种本能的安全的需要。因此，一旦设法打破了无疑造成对方的巨大心理伤害，使对方失去了安全感，只会导致双方关系更远。

人与人之间相处，设防的程度是以安全和信任为底线的，夫妻间要营造一种和谐的氛围，尊重与信任永远都是第一位的，当对方充分感觉到你的尊重和真诚，这道防线会自己拆除。试想，当夫妻中的一方在外面忙碌一天，十分疲倦地回到家时，见到在门口笑脸迎接的伴侣，倒上饮料、冰镇酒，揉脚或者打水洗脸，家就变成一个让自己轻松的地方，一个舒适、清洁、祥和、快乐的地方。这样的环境既属于妻子，也属于丈夫。

六、善用环境

婚姻如筷，幸福秘笈就像桌上的饭菜，“好吃”还是“不好吃”，只有“吃”的人最清楚。

相爱男女组成一个家庭容易，但让家庭和睦、温馨并非易事，这必须依靠夫妻双方的共同经营。经营不仅是指物质上的，更多的还是强调精神上的。

婚姻中夫妻要善于利用各种环境来增进感情。夫妻间，唯一能在亲密关系和日常关系满意度上拿高分的，就是另一半总能热烈善意回应的人。生活中有许多纪念日，如两人第一见面的日子，双方的生日，结婚纪念日等等，这些都要记在心上。每一个值得纪念的日子，都值得双方热烈回应。送礼物给伴侣，能显示对伴侣的体贴，礼物不一定要贵重，关键要看是否合乎对方的心意。选择体贴的礼物，一定要在平时留心对方的话，在恰当的时间，送恰当的礼物，伴侣一定会由衷地喜欢和高兴。

体贴就是关心爱护自己的伴侣，为对方多考虑一些。忘了对伴侣表示体贴的人，婚姻必然会充满负能量。体贴不是有求必应，没有脾气地接受对方，而是一种主动的给予，它可以让伴侣感受到自己来自心底的感情。

细微之处的体贴，有许许多多，例如有一位女企业家，虽然有许多仰慕者，但她只对其中一位男士情有独钟。原来，每次约会结束，他送她上车，并不立刻就转身走掉，而是一直站在车旁等车子开走，直到车子逐渐看不到为止，他总是深情地挥手。女企业家本来并不知道，一次偶然的回头，才发现了挥手的男士，心灵上震动使他们的感情又深了一层。

夫妻二人创造和谐的婚姻环境的目的肯定是一致的，但是和谐并没有统一的标准。有的人认为富有就是和谐，有的人认为简单就是和谐，甚至还有的人认为轻松随意才是和谐。秩序同样没有标准，要根据个人的感受来把握。人的审美观也不同，即使是生活在一起多年的夫妻，审美观也不会完完全全地融合为一体。因此，各种家庭生活规划，夫妻一定要多沟通，在每个关键的环节上随时征求对方意见。在这种情景下，可以请自己的配偶列一张单子，写上对方喜欢一起做的各种活动。计划在接下来的几个月，每个月做哪些。

如果夫妇一起去看一场浪漫的电影，且在观后讨论，夫妻间的亲密度会提高很多。看电影是一种奇妙并且有效的情绪调节方法，银幕中的男女形象会替身般地影射出个人的感觉。不论哪种制造气氛的方式，都只是一种手段而已，一方通过这种方式表达的是一种尊重、赞同和欣赏，目的在于让对方感受到自己的用心和爱。

由此，种种特定的环境为夫妇提供了一个记忆银行，在未来的年月中，人可以从中提取记忆。这样的夫妇是幸运的：他们记得曾经共同经历的美好时光，海边的漫步，逛动物园，听音乐会，参观农场……当他们回忆时，可以找到不同的感觉，这些都是爱的记忆。

第六章 夫妻连心相爱——有耐性

一、学习倾听

筷子需要配合行动，同样，夫妻之间如果能把对方当作自己的心灵知己相处，那么，两个人的手就会拉得很紧。

世上没有哪对夫妻是绝对和谐的，因而夫妻理应熟悉双方特殊的交谈方式——只有这样，沟通才会像一条清澈的小河，欢畅地流淌在两人的心间。

很多人都认为，夫妻之间亲密无间，说话语气婉转会显得“见外”与“虚伪”，谈话时无所顾忌才显得真诚。其实并不是这样，无所顾忌的说话方式往往带给对方不快。由于身体结构及心理结构的不同，男人与女人在表达方式上往往有着“天壤之别”。同时双方也各有其心理防线，一不小心便可能伤害到对方。如果一方的话中含有嘲弄、怠慢的意思，对方必然会感到不快。

夫妻双方在交谈时，学会倾听对方说话是一种尊重，专心地听别人讲话，视同给予对方最大的赞美。倾听的时间越长久，对方就越喜欢接近你。能听会说是门学问，交流中，一方切莫沉默不语，这容易使对方认为你漫不经心。不妨不时地让对方听见你在说“是的”“我也这样想”的话语。即使一方不爱说话，也要有意识地点头，用眼光、表情、手势来表示认同，让对方知道你在专心倾听，这是一种有修养的表现。在对方说话时，尽量不要打岔。即便对方打断了你的话，也不要急于反驳，打岔通常会影响双方的沟通。

要真正去了解一个人的感受，需要及时在对话过程中回复自己的想法和感受，以表示双方的互动关系。在沟通过程中，重复别人说过的话是一种效果出奇良好的技巧，比如“我明白你刚才的意思是……”。正因为谈话“言之有物”，对方在收到明确回复后也会增强自信，进一步对你敞开心扉，将话题互动下去。

夫妻之间，遇到问题并不总是能立刻取得相互理解的，需要时间，“包容”正是为争取理解的时间而设的缓冲之道。当一方发现对方对自己提出的话题或建议并不乐于接受时，就应当估计到这也许是一种警示信号，就该毫不迟疑地换个话题。如果正在讨论的话题比较敏感，氛围激烈，可以尝试叫停，暂时休息一下，拖一下时间。这可以在很大程度上避免讨论升级为争吵。双方要远离激烈的对话，及时留出时间冷静下来是最好的选择。在相互的对话中，一方有时也会无意识地流露出威胁性语气，而自己并未查觉，如对方很敏感，常常能敏锐地察觉到这种威胁，并立即产生防守心理。因此，在和伴侣谈话时，尽量把“你怎样……”或“你怎么敢……”用“我们”或“当你……让我感觉……”的方式表达出来，沟通效果会好很多。

二、主动深入

筷子要品尝世间百味，人同样要体验世间百态，每对夫妻的性格、品味、素养皆不同，相处的方式就不同，一百对夫妻就有一百种相处的方式。

婚姻是一项承诺，构筑在交流的基础之上。在生活的交流中，双方都必须学会主动深入。

事实上，几乎所有心理学上重要的动机都可以被归入 16 种人性需求——接纳、好奇、饮食、家庭、荣誉、理想、独立、命令、运动、权力、浪漫、节俭、社交、地位、平静和复仇。每个人都有这些心理需求，只是程度不尽相同，这 16 种需求让每个人成为独立的个体。正如有人喜欢交际，有人却十分封闭；有人十分节俭，有人花钱如流水。

同时，人们还有一种被称为“自我认定”的自然行为倾向：每个人都十分看重自己，常将自己的价值观误认为是大家应有的价值观。于是，在婚姻关系中，人总是试图以一贯的强势态度来改变伴侣的价值观，自己认为正确的这种行为方式，就认为对方也会接受并喜爱，并一厢情愿地认为，如果对方采用了自己所习惯的生活方式，变得跟自己一样，生活就会更好。这样，症结就出现了——每个人都有着不同维度的人性需求，不可能与他人一模一样，夫妻间的冲突往往就源自“自我认定”倾向所造成的与对方人性需求的不平衡。要解决这一问题并不难，尊重对方的本性，多互相体谅。

例如，一位丈夫非常想在院子里种菜，妻子坚持不肯，两个人相持不下。一直到双方的心情都放松下来后，两个人在聊天中才发现对方真正的深层需求是什么。妻子了解到，丈夫要种菜，是因为童年时代家里有块菜地，种菜能让他感受到童年时代的记忆。妻子不喜欢种菜的原因是因为出于美观的考虑，她不喜欢在院子里有一个菜园子。当两个人彼此都放松下来，静下心来，深入去了解对方的深层需求，就容易互相妥协。由此，这一对夫妻，找到了一个好的解决办法。妻子在菜圃前面种了漂亮的花，正好把菜圃遮住。之后，妻子观念也改变了，变得跟丈夫一样，非常喜欢种菜，因为从种菜中间能得到非常多的收获与乐趣。

通常来说，越是和自己亲近的人，对方的情绪就越容易对自己造成影响。生活的意义就在于掌握主动，去做使自己的人生更加丰富和美好的事情。感受到双方的深层需求，去找到双赢的解决办法。

三、深情动容

用“筷子”原理来解释现实生活中的夫妻关系，很形象、也很管用，它能使很多现象找到出处。筷子讲求搭配，而世间的万物原本就是相辅相成的。

婚姻最重要的也许不是山盟海誓和甜言蜜语，生活中的一些琐事，更能体现双方的共情，这才是爱的密码。

夫妻间的情感需求复杂多样，而万变不离其宗，归根到底，就是“爱与被爱”的需求。男人和女人都有其基本的爱的需求。通常，男人需要的爱的形式，包括信任、接受、感激、赞美、认可、鼓励；女人需要的爱的形式，是关心、理解、尊重、忠诚、体贴、安慰。充分理解这些不同的爱的需求，才能行使满足伴侣需求的使命。

婚姻的美满，共情是基础，人的交往过程是一个双方互动的过程，这个过程包括交往对象和交往情境。如果在交往过程中人能进入对方的情绪状态之中，与对方同喜同悲，那么就建立起了与对方共情的情境，也就能赢得对方的热情回应。心理学认为这种现象是“情境同一性”原理的运用。家庭中有了与双方共情的情境，也就能赢得双方的热情回应。

在家庭中，妻子需要取悦丈夫，丈夫也需要取悦妻子。喜欢并能相互满足需求就会幸福。不幸的婚姻大多是忽略了已经被满足的需求，而去要求不能被满足的需求。要求得太多，追求爱的境界而失去了喜欢的记忆，最终反而失去更多。

取悦对方源于认同对方，当认同一个人的某部分特点而产生对他整体的认同后，就会产生爱的感受，因此，爱是整体性的，模糊化的。当问一个人喜欢另一个人什么的时候，这个人很难说得清楚，因为爱是对另一个人的整体的感受，虽然那是由某部分特点引起的。

在一个家庭中，双方都怀着真挚的性情不断参悟人生，完善着自己，也完善着对方，共同建立起了共情的情境。爱是一剂良药，良好的婚姻关系甚至能够医治童年经历的创伤，在一定程度上能够治愈心理疾病，这完全取决于伴侣之间的“深情”。

在夫妻间的交流中，“以理服人”的前提是“以情感人”。共情，不是以看似“正确的道理”来判断和评价对方的是非对错，而是返回到人生的原点，自己与对方换了位置，进入对方的内心世界，用对方的眼睛去看世界，而不是从外面去审视、观察对方。

夫妻两个人长期共同生活，势必会互相讲起曾经的生活经历和情感历程。越了解对方，就越容易产生共情。以后每当伴侣面对某事表现出很多的反应时，一方就会理解，明白对方的感受，从而紧紧地拥抱对方。伴侣会从你的理解和接纳中体会到爱，体会到“重要性”，两人心理上的连接就会更加紧密。伴侣间每一次所表达出的理解和接纳，都在加深夫妻的感情。

而当一方没有去理解对方的感受，以不理解的态度去否定对方的感觉，说话做事，一直相互抵触，背道而驰时，即意味着双方是不同步的，这样的做法不但失去了加深双方感情的大好机会，更会造成伴侣之间的嫌隙，让婚姻关系处在不安全的境地。

四、静心等候

实用、耐磨是筷子的特色，如同婚姻一样，两人在相处中都磨去了各自的棱角，磨去了一部分个性和缺点，然后合在一起才相得益彰。

婚姻中持久的爱源于耐心，那是经历人生百味，褪去恋爱面纱后的真实，它是一种从内心发出的关心和照顾，没有华丽的言语，没有哗众取宠的行动，只有在生活的点滴中能感受得到。

婚姻中存在磨合期，很多人以为对方的爱“变了”，这是一种错觉。 并不是爱情变了，而是它发展了，进入到了磨合期。 适合的两个人，会有摩擦，但有能力借着摩擦力前进，而不是后退——这才称为适合。 两个人的相处方式，反映了双方的爱情是否善用摩擦力，是否真正相互爱着，而不是相互折磨。 双方会看到彼此是用任性的方式相处，还是在善待彼此，努力去接纳另外一个个体。 如果没有相互的忍让和包容，两个人很难最终成为一体。

对爱的需要，不只是一种童年时期的现象，这一需求跟随人们进入成年期，进入婚姻。 恋爱中的人，往往有种错觉，以为自己所爱的人是完美的。 周围的人或许能看到的一些瑕疵，这个人却看不到。 双方彼此迷恋，都被对方所展示出美好的一面所俘获，并且相信这种感觉会永远保持下去。 事实上是，浓烈的“恋爱”感受，在漫长的人生旅途中，只是昙花一现。据心理学调查，一段浪漫的恋情，平均寿命是两年。如果是秘密的恋情，或许时间更长一点。然而无论如何，最终都会再次回归到现实中，那时人的眼睛就变得雪亮，清晰地看见了对方的面目，并发觉对方的个性或行为模式中，也有惹人厌的部分，有伤害、发怒，甚至口出恶语和批评指责的恶习。种种缺点会被放大，人们在恋爱中忽视的那些特质，都会凸显出来。

婚姻中面临的问题，往往需要静下心来，进行自我认识。有人出现的地方就会有矛盾，矛盾的一方是情绪，另一方是理智。如果任凭情绪支配自己的行动，那便使自己成为了情绪的奴隶。耐心是支撑婚姻最大的力量，或许对方有很多行为使自己难以理解，但这时不妨静下心来，耐心等候。婚姻中的问题，往往是自乱引发的。如果自己将自己的心意想清楚，就能清晰地看懂别人的想法。例如一位丈夫喜欢和妻子开玩笑。每次妻子问他“你爱我吗”的问题时，他都对她说：“是的，我只要停下来想到这一点，就会爱你。”这句话很有道理。如果不“停下来想想”对方，就无法体会对方的感受。静心的目的在于理清，理清的目的在于自明，自明的目的在于明确方向，有了明确的态度与方向，就会拥有面对问题的勇气和解决问题的智慧，想清楚自己，停下来整理自己，就能解决种种问题。

五、躬身陪同

完整的一双筷子是一种对等的关系。夫妇间也是相互对等的，需要相互事奉，躬身陪同，相互配合，而不是只有某一个人在服务。

“越丰满的稻穗，头垂得越低。”人也当如此。越优秀，就越要“放空”自己，学会弯腰。练好了内功，实现人生价值是自然而然的事。

婚姻长久之道，同样需要一种“空杯”心态。婚姻之船载不动太多的物欲和虚荣，要想不在中途搁浅或沉没，就必须轻载。如果不懂得放空自己，人们势必会在各种诱惑中迷失自己。一个装满水的杯子很难接纳新东西，因此要将心中的杯子倒空，将自己十分纠结与在乎的很多东西从心理上清空，这样才能吸收更多。当一个人迷失方向的时候，最好的办法就是回到原点，轻装上阵，每一天都是一个新原点，不要纠结于过去，一切都应从零开始。

夫妻在一起，能做的最多的事，就是陪伴。有伴侣坐在那儿，心里就感到很踏实，两个人下班回家一起吃一顿饭后，即使是各做各的事，但身边都会伴着另一个人，这就是最常态的爱情。很多对婚姻失望的人，都是因为要求爱情一直轰轰烈烈，不接受它的常态。平淡是婚姻的主流趋势，很多夫妻对婚姻的现实感到不适，常有患得患失的感觉，觉得自己得到了还指望另外更好的。甚至开始产生疑虑，认为“对方根本不是自己当初想找的那个人”。他们倾向于把对方幻想得过于完美，在自己眼里，另一方笼罩在理想中，看不见凡人的弱点。而真正的问题不在于双方是不是最合适人选，而在于自己是否了解婚姻。配偶是否合适主要取决于自己。如果自己不能正确地善待对方，合适的也变得不合适了。优秀的人往往有极高的素养，待人虚怀若谷，有一个能包容一切的胸怀，有了这样的胸怀，就会获得对方的尊重。对婚姻来说，如果发现自己的期待太高了，就试着降低，低期待，更容易获得惊喜。

婚姻中，需要学会“大家好才是真的好”。很多夫妻关系矛盾的原因是自私，对个人得失看得很重，在物质上斤斤计较，当认为自己多付出了，心灵便感到不平衡，觉得自己被亏欠了，在待人接物中只看得到自己，而实际上自己所失去的东西原来也不是自己的。事实上，婚姻提供给人可利用的资源是相对有限的，结婚后，很多人把婚姻当作攀比与实现欲望的工具，而不是修炼自己、提升自己的工具，得到伴侣，结束了孤独的生活，有了房子，获得更多财富等。接着就用这些欲望是否得以实现来评价婚姻的成功与否。有了这种想法便一直在跟婚姻较劲，所引起的争执，都因为把婚姻放在了一个错误的位置上。尽管一些自私的想法或要求看起来在短时间内是行得通的，能够如愿以偿，但从长远来看，它常常会使自己更难以达到目的。所以，夫妻之间有一个谦虚的心态十分重要，双方躬身陪同，动静有序，充满着感激、再感激，珍惜、再珍惜。这种恩情远远超越男女之间的情爱。

第七章　夫妻谦让放心——享空间

一、时间——自主

当绘制一张社会婚姻价值取向的坐标图时，就会清晰地看到，两者的形状宛如一双使用中的筷子，在交错中，男人和女人在不同年龄阶段迥异的人生定位。

男女的婚姻价值取向高峰出现，通常有一定的时间间隔，女性的高峰出现得要早，男性的高峰出现得晚，代表男女婚姻价值取向的两条线在交集之后，又开始形成平行的线，继而重合。

人生的每个阶段，丈夫与妻子都有着不同的定位，例如随着时间的流逝，男人真正地走向成熟，事业正走向高峰，而女人往往更多关注于家庭与子女。女人倾向于以人际关系及情感为导向，家庭是她们最为重视的地方；男人往往以社会成就为导向，工作领域是他们最重视的地方。

健康的爱情，是以尊重双方的自我和自由意志为前提的，是两情相悦、两情相愿，两人既要共处，也需要独处，不折损彼此的社会功能，并且在相爱的过程中，诱发出更好的功能。

“结了婚，失去了自由时间”成为很多人的抱怨。伴侣有一个独立的时间段很重要，再亲密的人也需要自己的时间。婚姻中时常会出现这样的情景，夫妻中的一方忙于工作，很晚回家，或跟朋友聚会时，有时会忽视对方的存在。许多伴侣当对方一不在身边，就打无数个电话，疑神疑鬼，甚至发生争吵。于是，便从一个独立的伴侣，变为一个纠缠的伴侣。过度的干涉与依赖，会使对方背上了心理负担，彼此关系变得脆弱。

人人都希望按自己的思想和意志办事，这是自主需要的体现。在这个主控的自我时间里，可以跳出与另一个人的关系来审视自己，并时时将新事物带进两人的关系里。

婚姻关系，求同存异，双方能各有自己的朋友和嗜好，能有更多的话题。有分开的时候，才有想念对方的时刻。俗话说“小别胜新婚”，从心理学上讲，这是由于人为地造成时间距离，使彼此在对方的心目中的形象有了新鲜感。有这样适当的自主的时间，会让双方更加珍惜爱情，也更加懂得如何建立亲密关系。懂得时间与爱情的伴生关系，为婚姻带来美感。

二、空间——社交

最理想的夫妻关系就像筷子一样，亲密而带着适度的疏离，既可两情缱绻，又有个人天地。

空间与语言一样能够传递信息。动物有领地观念，人也一样，通过房间、用品等确立自己的隐私空间。婚姻和爱情中也存在距离空间，在每一段关系里面，都有一个适合彼此的人际距离。从某种意义上说，没有距离就没有自由，没有距离就没有吸引，时空的间隔往往会增加爱的强度。

两块磁铁，当处于同极情况下，靠近时它们会相互地排斥，当处于异极时，却会深深地相吸。人也会有这种“磁铁效应”。用在夫妻间，两性因差异而相互区别、吸引、相爱。这种结合是感情、生活的结合，而不是个性、人格的消失，双方更不是彼此复制的影子，因此如果两人过于粘腻，则会导致新鲜感、吸引力降低，出现审美疲劳，就像人吃得过饱会失去食欲一样。

人在相处中，总是存在着一定程度的紧张的矛盾心理：既想熟悉，又想避开。既希望接近，又害怕太接近，需要在二者之间取得平衡以得到心理安全感。人类学家们发现，人与人之间在物理上都有“空间”隔开。这个间隔有好几层构成。最核心的部分是“亲密区”，它的范围是身体距离约 0.45 米，在这一距离中，过久地暴露在旁人的视线之内会使人心理上紧张，只有至亲的亲人、朋友和情人才能在这个区内接触。往外一环是“个人区”，身体距离约 0.45 米至 1.2 米，与好朋友和熟人交往就在这个区。再往外是“社交讨论区”，在前面 1.2 米至 3 米。3 米以外则是“公共区”，是不带任何个人色彩的交往空间。

在心理上，每个人也需要一个能掌控的自我心理空间，去消化自己的情绪，不允许别人的闯入。这也是人的心理安全界限，一旦彼此之间超过了这个界限，就会相互挤压，争吵难以避免。

显然，当一个人对自己的一切都毫无保留的时候，正是自己与他人失去心理边界之时，自我就会缺乏安全感，自尊心就容易受到伤害。如果在日常生活中夫妻之间进行彻底的毫无保留的沟通，接下来就只有用争吵来代替说话了，夫妻间坦诚相待、开诚布公是应该的，但并不意味着什么事都告诉对方，最好的夫妻关系是有些话可说，有些话需“三缄其口”，保持适度的心理距离。日常婚姻中有许多的家庭是不幸福的，就是因为失去了距离感，或把自己的喜怒哀乐一股脑倒给对方，或喋喋不休地批评，或将个人隐私无遮无挡地说出来，两人距离太近，缺点一目了然，优点视而不见，于是便会产生许多失望，互相之间的吸引力丧失，厌倦由此产生。

婚姻的爱不可能独立地存在，它是人生的一部分，而不是全部。爱情与许多的东西息息相关，如果一味地局限于谈情说爱中，爱情会无所依附。

由于各种各样的原因，伴侣常常会有或多或少不愿旁人触及的秘密，所以给对方一方秘密的心灵绿洲，会使爱更长久和令人回味。距离产生美，人际之间往往以似懂非懂、若即若离来成就爱情。最好的婚姻关系，就是给对方一定的自由和空间。任何关系都是适度的，夫妻间的亲密关系既带来热情、共鸣、亲密、分享、接纳、着迷与上瘾，也能带来依赖、愤怒、嫉妒、悲伤、冷淡、厌倦和彼此控制。

有很多人不明白，当和伴侣在一起时，总想知道对方更多，掌握对方，甚至干涉其社交，跟踪监听控制对方，把伴侣当作私有的财产，使其迁就，按照自己的意思做。以“是为对方好”的名义，闯进对方的世界，侵犯其隐私，横冲直撞，不知不觉间以自己喜欢的标准向对方提出要求，这样做的结果，是使伴侣被家庭的矛盾、猜忌所包裹，压抑得透不过气来，失去了空间和自由。

婚姻之爱，首先就要互相独立，并且尊重对方的独立，同时可以坦然地敞开自己的心灵，此后才是交流、理解、信任、怜惜、包容、安慰。要想家庭幸福，就应当有适当的距离感，距离是一种保护，不要企图将自己的意志强加于伴侣，用自己的好恶去改造对方的生活习惯。好的婚姻是尊重容忍对方的缺点，好的夫妻长久的秘诀就是懂得保持距离，留一寸张弛之隙，不再纠缠在细节的困局中，缺点不点破，优点常表扬，容忍帮助，相互适应，形成习惯。

三、心间——想象

夫妻如筷——夫还是夫，妻还是妻；不是一体，胜似一体。你有你的空间，我有我的位置，紧紧相拥，共同品味，生活才会幸福欢畅。

爱情的本质，就是一场亲密关系的建立。亲密程度，直接度量着爱情的好坏。真正的亲密，是用心灵距离衡量的。

一幅画，最忌画得太满、太实，每个角落都占满线条，由于错落与留白，观赏者才有了思考和想象的空间。琴瑟和谐、心心相印的恋人或夫妻不一定每天都将“情爱”挂在嘴上，更不必当众打情骂俏、你拥我抱，藏在心间的爱更有韵味。正如海上的冰山，露出海面的只是一点尖顶，深藏在水下的才是巨大的冰体。如果冰山全部浮出海面，又有多少神秘而壮观的美景可赏呢。

婚姻是上天所赐，要获得对方的爱，需要心灵的滋养，即不要执着于现象与行为，而是去看对方内心的渴望，去填满对方心灵的空缺。夫妻关系中，有不同的层次和境界，生病了相互照顾，有困难了相互帮助，这是一种现实层面的交流。在外面受委屈时能给予抚慰，受挫折时能给予支持，这是一种情感层次上的交流。还有一种更高层的亲密关系，他们有着共同的价值观，共同的爱好，共同的语言，共同的理想和兴趣，他们在这种关系里相互依赖并有安全感，能相互听懂对方在说什么，知道对方喜欢什么不喜欢什么，在同一领域里共同进步，这将是完美的婚姻。

四、人间——友情

筷子蕴涵着“互相依存的协作关系，不可缺一，合作不会争功”之意，如同婚姻，每一方都需要另一半的扶持。在两个人执手的路上，爱应该成为力量而不是绊脚石。

夫妻之间的关系，是多样化的，既是互相温暖，彼此深爱的人，也是彼此信任，时常沟通交流的好朋友。有什么心里话，都愿意和对方说说。即使是争吵，也会很快就和好。这样，彼此间相处会更融洽。

人性最深层的需求就是渴望被别人欣赏。朋友之间总是相互欣赏，高度尊重，愿意保持一种边界，尊重双方的差异，其中包含信仰、生活方式、价值观、习惯、兴趣等方面的差异，这种欣赏与尊重也是夫妻关系中最需要却最容易被忽视的。夫妻之间并不需要用爱来彼此束缚对方的自由，爱是一种相处方式而不单是占有对方与改造对方，像知己一样的相处才更易沟通，爱情才会天长地久。

“士为知己者死”“女为悦己者容”，人和什么样的人在一起最快乐？是让自己感觉到有自信、又有安全感的人，人都需要通过周围人来确定自己的价值。所有的人一旦感受到他人欣赏自己，都会本能地感到亲密和快乐，也会对他人产生好感。

夫妻的难处是过度的随意和苛刻。很多男女都以为相爱便是一切，不懂得如何去欣赏对方。在婚姻中，双方只有懂得相互欣赏与尊重，才会沉浸在无限的幸福与欢乐中。例如，女人天性爱美，不仅在意外表，同时也注重心灵层面的美，所以气质、性格、品味也都等待着被他人关注与欣赏。所以，男人赞美女人，只要是真心的欣赏，一定会让女人有“被爱”“被关注”“被体贴”

的感觉——而这一感觉，就是女人的“恋爱感觉”。而对男人而言，十分注重个人成就，小到认路、运动，大到学业事业，每一件事的成就感都支撑着男人的“恋爱感觉”，只要女人能理解，欣赏他大大小小的成就，他们都会倍感兴奋。被欣赏后，就容激发出对他人的情感。

赞美对方，肯定对方，一个赞许的眼神，一丝快慰的微笑，一句温情的表扬，都会给对方带来喜悦。妻子做饭，丈夫过去帮一把；丈夫伏案写文章，妻子端上一杯热茶；上下班前后，一声温存的道别和一句亲切的问候，都会使对方感受到他在自己心中的价值，产生满足感。夫妻在相互“欣赏”的基础上相互“尊重”，就会使婚姻更加巩固。

五、世间——亲情

夫妻好比一双筷子，他们在同一婚姻旋律中和谐地运动，但彼此又都是独立的。一对彼此相配的夫妇是经得起一切可能发生的灾难袭击的，当他们一块儿过着穷困的日子的时候，他们比一对十分富有，但同床异梦、离心离德的夫妻要幸福得多。

从生命诞生到结束，人们的成长始终离不开“情”的滋养。而在所有的情感类型中，“亲情”和“爱情”作为两种基本形态的情感，占据了重要的位置。家庭既是亲情与爱情的始发地，也是最重要的归属地。

相守多年的爱人，不知不觉已成为彼此生命的一部分，两个人生活在一种相依为命的亲密关系中，但有时他们反而会意识不到另一方对自己的重要性。一旦真要失去对方，又会痛彻心扉，这就是亲情。

在家庭中，人与人的关系存在一种“投射性认同”，随着时间的流逝，两个人生活在同一环境中，同样的空气，同样的温度，同样的食物，同样的见闻等等，人们对熟悉的人会更加信任，自己心理上也会受对方的影响。两个人对事情和生活的看法会更趋于一致，所以更会加深感情。

爱情是构建婚姻及家庭关系的第一推力，它起于表达，止于承诺。情侣之间做出了相互承诺，配偶双方相亲相爱变成了一种责任，并以婚姻这一“契约”的形式确定下来。在婚姻基础上发展出了家人之间相互依存的亲情联系。在亲情的滋养下，家族之链永世轮回，一代又一代新生命在这里诞生、成长……生命之火在代代相传中生生不息。

在婚姻中亲情与爱情互为补益。爱情作为人性本能的表达方式，是人生的闪光的一笔。亲情是一种境界，是持久的关怀，它一如既往地满足了人对安全感的需要，因此，亲情与爱情是支撑婚姻的能源，人们感受着爱情、亲情和活着的一切。

第八章　夫妻相亲相敬——勿冲动

一、法律上

人们常把夫妻比作筷子，既有相交又有分离。交叉部分是夫妻共同的世界，两人在这儿尽享亲密和温馨；分离的部分是各自独有的天地，这里有丈夫和妻子不同的色彩甚至隐私，任何恩爱夫妻都不能因亲密而慷慨地全部让出，也不能因一时的矛盾而无限地扩大自己的空间。

一个家庭就像是一个情感的银行，这个银行既可以是男人主导，也可以是女人主导，是日渐兴盛还是濒临破产，要看两个人怎样经营。既然两个人组成了一个家庭银行，就要用心经营，何况这个家庭里还有孩子和老人。经营情感的秘诀在于不断储蓄，两人发生争吵，就等于支出了一小笔，如果能及时给对方一点关爱和体贴，就能把这一笔补上，如果两个人谁也不在乎这样的支出，损耗大于积蓄，支出起来没完没了，这一小支出最终也会成为大窟窿。

夫妻间的关系是一种多元化的平衡关系，夫妻并不是对手，并不存在“一物降一物”。两人有矛盾是正常的，毕竟是在不同的环境中长大，性格也不可能相同，所以需要相互适应。压制并不适合夫妻关系，即使有一方比较软弱但并不代表对方没有自己的想法，被压制着的那方总会心理不平衡，并对婚姻造成不利影响。

婚姻不是一个人的事情，是两个灵魂、身体、性别、精神、梦想、需求以及不同个性的结合。只有双方带着敬畏之心欣赏这种区别的时候，各自才能最大限度地享受生命、真心去爱。

夫妻在评价伴侣时，不要偏向于把他人的长处与伴侣的短处相比，或以伴侣的缺点和他人的优点相比，从而对伴侣产生偏激看法，表现为时常指责伴侣的缺点，不能正视人都有缺点这一现实。

如果在生活中，一方总认为自己比对方高明，常常摆出一副居高临下的气势教训对方，不尊重对方的人格，漫骂乃至动用拳脚，这就不是家庭问题而是社会与法律问题了。夫妻之间产生争执和矛盾的原因，大多数是自己把爱当成了工具，时时刻刻都想将对方改造成符合自己心中的理想形状的人。可又有谁愿意被改造呢？于是“性格不合”就成了改造后的产品，结局不言而喻。

不要征服对方，这是夫妻最需注意的问题，夫妻的相处原则，即不要去强迫或改变对方，不要去指指点点，指责对方的缺点、欺骗、谎言、幼稚、轻率等。通常，每一段争执，都充斥着一方对另一方的不解、冲动、暴躁和无情。事实上，对方的回忆，也是如此。

在婚姻中，爱情首先是一种自觉自愿的感情，爱是一种奉献与牺牲，而不是干预、侵犯他人的隐私和自由。这样的“占有”，已经站到了爱情的对立面。学不会自省，就学不会爱人。

能成就一番事业的人与凡事得过且过的人之间最基本的差异，就在于前者十分明白要为自己的行为负责。每个人在生活中都会遇到种种外界的刺激，引起的种种情绪十分正常，只有充分考虑冲动后果的人，才能够使自己真正获得精神上的自由。

古人提到，“修身、齐家、治国、平天下”，一切的人际关系，都要从自身出发。婚姻中双方的心理底线会成为情绪管理的闹钟，提醒着自己，不要去刺痛对方，不要让对方因为情绪的原因，失去了理智，更不要采取激烈极端的行为，这是两个相爱的人最基本的规则。婚姻中的任何一方从来都不是对方的私有财产，更不可能绝对让对方拥有永久权力。双方都拥有平等的地位，只有一起来呵护家庭，才能让婚姻变得稳定。

二、道德上

生活中，使用筷子有许多禁忌，最需要注意的是控制有度，面对满桌的美味佳肴，不能独自霸占自己喜欢吃的菜，这样不仅失态，同时也会被周围人耻笑。婚姻中也是如此，道德上严格要求自己，管好自己很重要。凡事应多三思，不怕一万，就怕万一。不能为了蝇头小利，而背信弃义，在权力、金钱上迷失了自己。

道德是婚姻关系的底线，也是建立愉快的、成长的关系所不可短缺的。没有对婚姻的忠诚，就没有婚姻生活的真爱。在生活中，人需要克制自己的言语和行为。每当自己感到极大的快乐或不快乐，极大的满足或不满足时，都应该清楚地从场景中跳出来看一下自身。唯有常常自问，距自己有点距离，才能清楚看到这一状态下的自己是什么。

在《圣经》中曾提到：“爱是恒久忍耐，又有恩慈。”婚姻由神设立和祝福，是人类最亲密的关系。婚姻是一生一世的，是一男一女的联合而不容有第三者存在。从这一角度说，婚约是一项具有约束力的盟约，它包括承诺、权利与义务。在严肃神圣的誓词下，夫妻彼此签订婚约，约定在有生之年，彼此相爱、保持忠贞、专一。因此，对待婚姻必须忠诚，不能为所欲为，没有克制力的人是不可能得到长久的爱的。

忠诚体现为信守诺言。例如，人们经常看到：当诱惑或压力降临时，很多人就会暴露出一些本性。有的人会经常撕毁承诺，利用法律规定的漏洞来蒙骗他人，这些人尽管有时也可以取得某些领域上的成功，但也还是不得不经常寻找新的合作关系。因为他破坏了自己原有的合作关系，而不是充分利用这种关系和资源，他们只好不断地与完全陌生的人重新开始合作。虽然寻找新的合作伙伴没有多大问题，但其劣根性却越来越凸显，也越来越难以掩盖。

婚姻要经得起平淡的考验，一道菜再好吃，上顿接下顿地连着吃，总有一天会吃腻。一对夫妻搭伴过日子，天天厮守在一起，重复着同一套生活模式，难免不生出厌倦的感觉。如果有的丈夫每天总是不回家，在外游乐，寻找激情，相信任何有修养的妻子都很难“坚持”下来。而有的妻子总是牢骚满腹，喜欢把丈夫的收入和成就与其他人比，拿“乞丐和龙王比宝”，这样比来比去，不仅把男人的心比凉了，也把男人的健康比没了。有的男人自身条件有限，但是为了不让妻子失望，甚至为了证明自己“事业晚成”，中年后还不断加压，晚年也不减负，结果累出一身病。

婚姻需要道德上的坚守。只要是平常的人，缺点和毛病在所难免，再美满的婚姻也会有瑕疵，再恩爱的夫妻也会出现矛盾，这就看婚姻中的两个人如何对待，如果能够放大对方优点、接受对方缺点，婚姻生活就会和睦，反之家庭中就会战火不断，甚至造成婚姻的解体。

婚姻是一种责任，现实生活中的柴米油盐和无休无止的家务，都需要各尽其责，婚姻的双方不仅仅需要对自己负责，也要对自己的配偶和子女负责，既要允许对方犯错误，更要允许对方改正错误。两个人经过了婚姻这个大熔炉的考验，共同走过了铜婚、银婚、金婚，才是成功的婚姻。

三、文明上

在中华文化中，筷子这一元素，表达了启迪、传承、明礼、关爱等含义，带给人无限思考。一双筷子，温暖着每个人。

夫妻间要相互传递文明，对人、对己、对子女都是一种尊重。夫妻间的文明，是相互体贴、相互爱戴的一种表现。

言谈举止是一种生活的艺术，更是一种修养和见识的体现，大到一言可以兴邦，小到会因言获罪。许多人结婚以后，言词不再讲究，一方一旦在某一件事中得了理，占了势，就揭对方的短处，气势汹汹，不可一世，令人望而生畏。这种对别人的错处一味挑剔、苛责的行为不但令人反感，收不到自己想要的效果，而且可能激起对方强烈的逆反心理。

稍微留意一下，就会发现有很多人在生活中这样形容自己："我就是说话比较直。""我就有什么说什么。""我就是这种性格"……从另一个角度讲，说话不假思索，口不择言是一种性格的缺陷，即以自我为中心，从不设身处地为别人着想。进而形成自己做错事时，总是去找无数个外在理由来为自己开脱，而只要是不合乎自己意见的都是错的这种习惯。

在社会生活中，真诚与真实几乎毫无关系，任何真诚都具有

“善”的特质，不等同于准确传达客观事实这样的意思。一个为保护无辜者被迫说谎的人，不能用不诚实来责备他。出于尊重与保护双方的目的，适当地掩盖真相是必不可少的。当真相与善意相冲突的时候，最好的选择是闭口不言。

婚姻中过于强调自我心理还体现在，将伴侣是否对自己的“前途”有利作为先决条件，要求对方能把“优势”时常体现出来并给自己带来某种好处。一旦期望没有达到或存在没有达到的可能，便会愤怒，甚至觉得对方有负于自己。

中国古语曾提到：“得饶人处且饶人”，做任何事都要留有余地，话不可说满，事不可做绝。谁都有犯错和遇到难处的时候，谁都希望自己在犯错和有难处时获得别人的帮助。“饶人”实际上等于给对方提供了改过的机会，这是一种“润物细无声”的影响。夫妻间更应如此，不要随意揭对方心痛的事或短处，多给人台阶下，多与人为善，不争一日之短长，不争一言之褒贬。这样，即使有时拌嘴或争吵，在夫妻间，也不会更深层次地伤害彼此的感情。

四、子女上

家是一种文化；家是一段时光；家是一种情怀。夫妻好比一双筷子，最佳的婚姻配置不等于最佳的婚姻状态，关键是要搭配好。

家庭是三位一体的系统，男人中有女人，女人中有男人，孩子是性别上的男女结合出来的又一个男女之合……无论子女是男是女，第一个细胞都是男女、阴阳、精卵的结合——无论他们成长到何种年龄，都是在这一基础上的不断分裂、复制。

夫妻之间，从爱的序位上讲，是先有夫妻关系，后有亲子关系，序位是不能颠倒的。当颠倒的时候，就会扭曲家庭的系统。

婚姻中重要的时期之一，就是第一个孩子出生的时候，夫妇在这一时期经历他们婚姻中最重要的转折，从两人世界向父母角色转换，幸福的伉俪往往将自己的配偶看作是承担家务和抚养孩子的最好的合作者。

一个健康的家庭序位，首先要关注夫妻的幸福，照顾到夫妻彼此的感受，给予最多的爱，其次再照顾到孩子。很多人在成为父母后，对孩子的关照远远超过了伴侣。这是一种危险的关系，这种爱的错位会让孩子从内心里觉得迷失自我，会让伴侣感觉到在家庭里失去了意义和地位，失去归属感。

许多人以为只要自己对孩子好，夫妻关系就好；事实上次序应颠倒过来。一个父亲对孩子最好的爱，就是关爱孩子的母亲；一个母亲对孩子最好的爱，就是欣赏并推崇孩子的父亲，而不是轻视或打压。孩子的一半来自父亲，一半来自母亲，作为父母的夫妻能够送给孩子最好的礼物，就是彼此肯定对方。孩子是由父母的细胞结合而来，因此每个孩子的潜意识都希望父母是结合的，夫妻互相否定会分裂子女的心灵。否认孩子父母亲的其中一方，等于无意识里也否认了孩子的一半。

在家庭中，给孩子一个较宽松的环境，会最大程度地提升孩子自己的能力。给孩子一个健康的身体和心理，是每一个父母都想做到的。没有人在成长中会不生病，无论是心理上或生理上，孩子生病，只是在成长过程中，免疫系统的演习。例如，每当有孩子生病，有的父母都不惜代价，用最好的药给孩子治病，考虑见效快的治疗手段，孩子生病再治疗时难度会加大，甚至免疫系统被破坏。过于干预孩子的身体及心理上的免疫系统，就像在经济中过度干预市场的道理是一样的，结果会适得其反。

在子女的幼年时代，心理最大的需求是安全感与归属感，孩子通过做和父母相同的事，有共同的情节，透过这些，孩子可以感觉“我们是一起的”，这就是归属感与安全感的需求。而最令孩子难以忍受的是父母其中一方否定另一方、排除另一方，那就像自己内在的一半否定另一半一样，结果必然造成孩子心理上的分裂。

一个孩子在4岁前，他的阴阳两性是完整的，还没有被社会化分裂，因此他是快乐的，感受是纯粹的。之后，由于社会化的需要，他不得不产生“与环境共存”的理性，逐步使自己成为父母或环境需要的男孩或女孩。

这就是心理学中所提及的“角色时期”，也称为“性别认同期”。在4–6岁这个阶段，孩子们从感性自我过渡为理性自我，因此它也是“自我”形成阶段。因为社会的需要，孩子要产生心理认同，以区别于异性，并与社会认定的同性相符。例如，父母会教育男孩“坚强”，教育女孩“文静”，当孩子在潜意识中服从于这种角色指令时，他们的另一半被迫封存起来，男孩子在心理上“设定”为社会认为是男人的那个模样，女孩子也类似。

现实生活中，大多数人就在不知不觉间复制着前一代的思维方式和行为模式，代代相袭，进入到这一循环中。因此，许多人在婚姻中表面是在与自己的配偶相处，其实是不断重新经历自己过去与父母的关系。婚姻关系便成了其在成长过程中，与父母互动模式的重现。

五、亲友上

筷子源于中国，可谓是中国的国粹，深埋在中国人引以为傲的文化底蕴之中，体现为一种礼仪和文化。

中国素称“礼仪之邦”，把婚礼看作“礼义之本”“人伦之始”。《论语》一书中，孔子曾提到：“君要行君道，臣要行臣道，父要行父道，子要行子道。”这种“父父、子子”的观念就是东方儒学对家庭秩序的一种提倡，合起来，构成一种良性的社会秩序与家庭伦理。这种秩序，使古时候中国的家庭秩序稳定，社会和谐。孔子认为，孝是人们所拥有的最自然最深厚的情感，这种情感表现为对父母的思念、感恩、担忧、敬爱、尊重以及不怨恨等不同的形式。《论语》中提到的“父慈子孝”是一种自然情感，是人伦中的天然联系。它其实也是人类生命的本质的一种呈现。

中国传统文化几千年来讲究忠孝治国，所以古语说“百善孝为先”，把孝作为一个正直的人的第一条件。父母养子女称为“养”，子女养父母也称为“养”。前者抚养成人，后者赡养终老，称为“天经地义”，因为没有受人滋养而不报答的道理。“不孝之人，不可与交”，即孝敬父母是各种美德中占第一位的。一个人如果都不知道孝敬父母，就很难想象他会热爱其他的人。

对于夫妻来说，婚姻虽然是两个人的事，但是它会牵扯到双方的父母与亲友。一桩婚姻通常都要得到双方家人的祝福才会圆满。

每个时代，爱情与亲情一直是每个人穷尽终生的生活范畴。每对夫妻，因为有了子女，也会成为父母，又会变成了祖父母，形成了整体的家族系统。而一个人要想生活得幸福，就一定要与其家族系统产生良好的链接，链接的关键，就在于其对于自己父母的接受程度。也就是，一个人要想真正生活得幸福，首先，要不计较地接受自己的父母，热爱自己的父母。这样，才能够让整个家族系统的爱流淌起来。

与西方相比，中国人更重人情和家族观念，这是中国文化以人为本的人道社会的本质。传统中国社会，婚姻是“合二姓之好”“上以事宗庙而下以继后世”的大事，男女的结合不仅关系到个人，更强调家族的力量，双方的原生家庭、家族、原先的经济基础都会产生作用。作为夫妻，很多时间会和其他亲人相处，如双方父母等。

父母和子女所处的时代不同，思想观念和文化水平自然有所不同，看待事情的角度自然也不一样，会出现更大范围观念的碰撞。夫妻双方应彼此恩爱同行，爱屋及乌，一视同仁，不要对双方长辈有过高的要求，凡事多想想对方的好处，心怀感恩。在对待双方父母赡养的问题上，不应该分出孰轻孰重。为孩子做一个表率，家庭自然会一团和气。

六、行动上

居家过日子，没有筷子不碰着碗的。夫妻间从亲密无间的“恋人”渐渐演变为相濡以沫，共同维护、经营家庭的“合伙人”，多少都会有碰撞和磨擦。

婚姻就像一艘船，行驶在大海上，风平浪静的时候，怎样都好，但当大风大浪来临时，有时会被突然涌起的一股巨浪推出航线，有时会遇到暗礁。如果船上的人相处融洽，稳操罗盘，齐心合力，就能调整航向，返回正确的航线。如果大家都忽略了它，各行其事，所有人都会受困扰，这些困扰就是“牵连”。一个人破坏它，整个家庭都得受到牵连，现代社会，很多人的身心问题，其实都是“牵连”造成的。

婚姻关系是两个人在人生旅途中不断磨合、妥协的结果。每个家庭都有不一样的问题，两个人在恋爱过程中，通常会隐瞒一些对自己不利的信息，公开或放大对自己有利的信息，掩饰自己的缺点，张扬自己的优点。可一旦进入到婚姻状态，进入了制度框架的约束内，双方的缺点就会慢慢暴露出来。

一味地追求完美的婚姻，是很多人感到痛苦、烦恼、困惑和焦虑的根源。俗话说“神仙眷侣，一方稍有缺憾”，最美的东西一定有些许缺憾。没有一个人是圆满的，而人们唯一能做的就是接受这个事实。如果一定要找一个完人，那只有无限地失望。两个人生活在一起免不了会有磕磕碰碰，在曲折中前进，这正是生活的乐趣所在。

只有承认无法掌握生活里的每一个层面，心灵才能找到平静。如果将世界孤立地分为两半，看作是非善即恶，非此即彼，那么，人就会失去心理上的平衡，最终从一个极端走向另一个极端。婚姻并不完美，很多事无法掌控。人只有接纳了不完美，心灵才能自由，才能认清婚姻的本质。

一个家庭就是社会的缩影、人性的缩影。研究表明，婚姻关系中，有 70% 的家庭问题是无解的。例如说丈夫性格急，妻子性格慢；丈夫口味重，妻子爱吃淡；丈夫内向，妻子外向；丈夫好动，妻子好静；丈夫很邋遢，妻子爱干净；丈夫很节俭，妻子爱花钱等，这是在婚姻关系中间经常看到的事。对于一个人来说，要想改变习惯、性格或某种生活方式是极其困难的事，其中的一个原因是，人一切试图改变的尝试都几乎是指向外界，而不是指向自我的中心。

每个人都有自己的信念系统，从建立起了一个认知方式和行为习惯的“标准”开始，这些信念逐渐固化，一旦自己或其他人的一些行为违背这些“标准”，人就会产生愤怒情绪。在婚姻中，由于参照标准不同，彼此不能了解一件事背后的含义，很多时候，争执就成了难免的事。对于婚姻来说，所有双向人际关系并不是建立在事实上面的，而是建立在诠释上面的。即重要的并不是事实的对错，而是彼此间的诠释。简单地说，如果对方“觉得”对她好、对方“觉得”说得有道理、对方“觉得”自己在关心她，就“足以”使双方的关系达到和谐美满的程度。

婚姻关系重在行动。当夫妻间出现各种争执时，要有尊重与保护对方的举动，如果不考虑言行、场合，采取一些简单、粗暴、过激的行为，就会使“磕磕碰碰”无限制地升级。

夫妻间是一种合作共存的关系，不是抹杀对方，不是“东风压倒西风”，或“西风压倒东风”的关系，双方求同存异十分重要，“求同”即找出双方的共同语言，对于不同的，不去要求相同，而去接受。夫妻间的共存需要底限，在任何婚姻关系中，只在意自己，而不是在意“双方”的人际关系注定是无法幸福长久的。夫妻间沟通的重点在于“双方”，而不是“我”一个人的感受。摆事实，讲道理，分析问题并不会让争执和解，在很多时候，还会使争执扩大，将双方都拉进负面情绪的陷阱中。

从心理学的角度来说，夫妻是一个相对封闭的小群体，这个小群体是两人世界，外人是不得进入的。俗话说“家丑不可外扬”，无论怎样争吵，都需要注意场合，要尽量选择两人独处的空间，不要让其他人涉入夫妻间的争执，这是对双方的一种心理保护，尤其是注意不要在双方父母、亲友面前发生争执，或将外人牵扯进来。这样无论两个人吵什么，过一会儿依然可以恢复如初。

人的一生谁都会有被他人有意或无意激怒的时候。如果一味地把一切都怪罪到别人头上，那么不管自己在过程中采取了什么手段，永远都会自己认为是正确的，并且会为自己找到合理的理由去证明那是对方的错，而不是自己的，是对方激怒了自己。当把自己的某些感受归咎于别人的时候，实际上给了他人控制自己感情状态的力量。但事实是，原因在自己身上，自己没有很好地管理好自己的"情绪按钮"，以至于被其他人操控。为了培养和锻炼良好的心理素质，要勇于接受忍让和宽容的考验，即使情绪无法控制，也要紧闭住自己的嘴巴，管住自己的大脑，忍一忍，就能抵御急躁和鲁莽，控制冲动的行为。当夫妻间发生争执时，需要避免两败俱伤，不要提伤人的字眼，攻击性语言会破坏双方感情。不要提及"分手"和"离婚"之类的词，这往往会成为一种待实现的预言，把所有小事都变成大事。还要避免牵拖出一大堆陈年旧事，打击对方的家人、朋友以及同事等，最后冲突无限扩大，而自己原本想通过争执来解决的问题也得不到解决。

夫妻间，愤怒 80% 是自己造成的。要防止冲动，切忌使用暴力，承认生活是不公平的，任何人都不是完美的，任何事情都是不会按自己计划进行的。这样，使争执的度一直控制在一定的范围内，给自己留台阶下，也留给对方一个台阶。当冲突不断升温时，要主动留一点"冷却"的空间，深呼吸，自然就会冷静下来！转化态度，温和地对待这件事，甚至反省自己有没有做错。如果能多做这样的控制，夫妻激烈冲突的次数至少减去一半。

第九章　夫妻端庄俪行——重形象

一、礼貌——是艺术

日常生活中，点点滴滴的行为和动作，都源于一个人内心世界的投射。通过一双小小的筷子，就可以看出人生的奥秘。

人的潜意识里都渴求别人的尊重和赞赏，于是产生了礼仪。中国是礼仪之国，非常重视夫妻礼仪规范，认为夫妻关系本于天地之德，它直接影响家庭的和谐、社会的安定。儒家思想认为夫妻之间应该以礼相待，患难与共，相互砥砺，夫义妇顺、夫和妻柔，这是传统夫妻关系的精华。

现代社会虽然尊重个性，自由度大了，但并不意味着，降低文明礼仪的要求。恰恰相反，对人的文明礼仪要求得更高。一个有礼貌的人总是会在恰当的时间和地点，表现出恰当而得体的言行，使那些与自己交谈的人感到安适与满足，这样充满善意的人更能得到他人的欢迎。

早在汉朝时，中国就有“举案齐眉”的传说，汉朝文人梁鸿曾给富人皋伯通家当佣工。尽管沦为仆人，住在下房，他与妻子孟光之间依然相互敬重。每到吃饭时，孟光总是将粗陋的食物放在木托盘里，举到眉毛的高度，低着头，端端正正地捧给梁鸿。丈夫也总是彬彬有礼地用双手接过盘子。两人间的这种“相敬如宾”，不在于把对方当贵宾看待，而在于重视对方，相互把对方放在心上。感恩与知恩，这是夫妻间家庭生活的真实含义所在。至今，“举案齐眉”“相敬如宾”仍然是中国人信奉的夫妻关系的最佳境界。

英国诗人威廉·布莱克曾提到，“一沙一世界，一花一天堂。”每一个生命对于整个宇宙来说很渺小，但对于生命个体来说却各有自己独立的世界，都有属于自己的故事和一个位置。礼貌最大的奥秘在于：向任何人都显示自己的尊重，开始更多地欣赏他人；不为别的，因为每个生命都是有价值的存在。

人是一个复杂的多面体，不可能全部认识到，成功的婚姻基于互相敬爱和信任，更有赖于双方的修养。夫妻间虽然常有分歧，但并不具有针对性，同一个问题，不同性格的人，有不同的处理方式和说话方式。每个人都受性格的影响，所以对问题的处理方式不同。夫妻间在所有的事情上都能达成充分的理解，是不现实的，但是一旦碰到什么事情不顺利，就任着自己的性子进行宣泄，将“情绪”当作一种武器，来吓住对方、控制对方——这是非常不良的一种关系模式。当引起对方的情绪反弹后，两人相互争执，家庭的冲突就会愈演愈烈，良好的家庭氛围就毁在了人的任性和放肆上。

礼貌，是一种高尚人格的诠释。婚姻健康的夫妻都知道，家庭中，不是所有的疑问都能解答，不是所有的问题都能解决。婚姻生活不需要过多计较，计较得多，是因为索取太多，索取得多，痛苦就多。

伴侣间外出，一定要守时，人在动态与静态中对时间的感应是不同的，生活中，因不守时引起的争执却比比皆是。对于妻子来说，不要“熟而失礼”。男人最需要尊重，聪明的妻子人前人后都要给丈夫必要的尊重，鄙视丈夫是家庭中最忌讳的。对于丈夫来说，其实彼此的爱还在，只是被平淡的生活掩盖了光芒。妻子关心的过程是一定要唠叨的，这是对方幸福感的宣泄，不要打断她心底幸福感的奏鸣。夫妻之间，当配偶发怒、烦乱、说话火爆的时候，先不管配偶说的是否正确，首先要尊重对方说话的权利，自己不火上加油，选择谦和的态度，以柔和的声音作为回报。设法置身于对方的处境，经由对方的双眼来看事情，和善地解释自己的动机，而不是与对方“对着干”，这才是成熟的爱，在这样一个成长型的婚姻中，夫妻之间的争吵会少很多，感情也会升温不少。

二、健康——有活力

中华文化源远流长，筷子作为中华文化的载体之一，传递出健康的养生之道，同时也传递出朴素而极简的哲学内涵。

在中国传统文化中，阴阳平衡是生命活力的根本。两者消长转化，互根互制，对立统一。阴阳平衡则人健康；阴阳失衡人就会患各种疾病。任何一个健康的个体都需要阴阳两种性质的力量，而不是单强调一种。

在一个完整的家庭中，必然有一男一女。男人与女人有着各自不同的表达方式，相互补充，相得益彰。生命在阴阳之中协调，家庭在夫妻之间磨合，而家庭出了问题，便是夫妻一方出了问题。

夫妻关系是一个家庭的主导力量。因此，一个健康的家庭，必然是男女双方都有机会去发展自己的个性与展现自己的能力，才能在共同建立的这种关系中去创造新的生命。

人的身心就像机器一样，由无数很小的机械系统组成，每个系统都有特定的目的性，都以各自的目标为导向。健康的身心是维持和谐婚姻的基本条件。生活中的“1+0”健康定律，形象地把 1 比作身心健康，而事业、家庭、荣誉、地位、金钱等都是后面的 0。有了健康，1 后面的 0 当然越多越好；但如果这至关重要的 1 变成了 0，后面的一切都将毫无意义。

在家庭中，饮食、锻炼或补充营养都影响身体健康，均衡的饮食与合理的运动是家庭成员健康的关键，除了身体健康外，夫妻还要注重心理健康，最好是用积极、健康的方式去解决问题，不要用自暴自弃、酗酒、暴食，疯狂购物等行为去毁坏自己，这些发泄会让自己事后追悔莫及。

人生的快乐不仅在于个人，还在于人与人之间，同时也蕴含于家庭之中。所谓的“每逢佳节倍思亲”同样说明了这一点。反过来说，一旦失去了这种庇护的安乐之所，个人就会变成孤独的个体，患病的几率就会增加很多。在人的心理上，不同意识层次都有各自相对应的心理能量指数。能量指数较高的正向能量能增强一个人的意志力，进而改善身心的健康。例如勇气、淡定、主动、宽容、明智、爱、喜悦、平和、开悟等。如果人们时时让自己的信念维持在一个正向角度，不仅可以帮自己，也可以帮助周围的人，一个人的正向能量越强大，遇到困难也越容易解决。能量指数较低的心理意识依次包括邪念、恶念、发怒、仇恨、报怨、傲慢等，以及冷漠、恐惧、焦虑等，这些都属于负面能量，有些会导致身体生病，并会使人加速衰老。

能量级的起伏同时跟一个人的心境直接相关。喜悦能带来更多的精神能量和吸引力，必然促进健康。因此，在家庭中满足人的种种情绪需求，时不时在生活中制造一些惊喜，增加夫妻间的愉悦指数，以此来调剂日常生活的乏味，就成为婚姻长久的关键。

医学专家指出，没有身心的高度和谐统一，人就得不到真正的健康，家庭和谐，能使人身心和谐，使人的身体与心理得到高度平衡。人的内脏之和，即气血和、阴阳和、五行和。保持膳食平衡，保持摄取与消耗相平衡。既全面摄取人体所需各种营养要素，又要保持各种营养要素所占的比例。只有五脏六腑和者，才会精神振奋，健康长寿。

人不仅需要与他人保持和谐，更要与家庭环境及自然环境相和。中国古人早就提出："人与天地相应""人与天地之气生"，其中所讲的就是人类应积极适应种种环境，而不是与之相对抗，破坏环境。"适者生存"的说法，则是对一切生物与外界关系的精辟总结。

三、丰富——要彰显

筷子体现了典型的东方文明哲学思维。极简的两根细棍，却高妙绝伦地运用了物理学上的杠杆原理。虽然千变万化，而支点就在自己握筷子的地方。

大至国家，小至家庭，每一个集体都有自己的文化氛围。不同的文化氛围会酿成不同的人生结果。夫妻之间，相互敬重，恩爱相守，风雨同行，共同哺育后代，这种文化培养的是目标、毅力和责任。夫妻之间每天争吵，甚至打闹，这种文化传导的是狭隘、报复和仇恨。因此，丰富多彩的家庭文化可以兴旺一个家庭，使家庭成为“书香门第”，孩子知书达理，有教养，有道德，有志气，有作为。而贫瘠狭隘的家庭文化也可以毁掉一个家庭。

一个家庭，要使家庭文化丰富起来，主要靠家庭成员的学习、思考与积淀，讲求修身、立志和做人，通过学习，改变了旧有的观念与理念，使自己的人生发生转折。一个好的家庭必然有着丰富的精神基础，使后代处在一个较为均衡的平台上，有着较为从容和宽广的发展。在家中，男人不发奋图志，女人则无所适从。如果夫妻中的一方整天无所事事，吃喝玩乐，孩子在这样的家庭，很难为自己界定行为准则与人生目标。幼年时期和青春期这两个时期对于孩子以后人格、价值观形成有着重要影响，很多狭隘人格心理往往就是这两个时期精神生活匮乏所导致。

四、创新——需设计

世界上有 40% 的人吃饭时用手，30% 的人用刀叉，剩下的都用筷子。中国是筷子的发源地，有史记载的用筷历史已有三千多年。从骨筷、象牙筷、青铜筷到竹筷、木筷，筷子的种类式样不断推陈出新，制作工艺日趋精美，其观赏、收藏的价值也令其成为居室摆设、把玩一景。

人总对新的东西感兴趣，这是人的天性，也正是这种天性使人类不断进步。一切熟悉的习惯都让人失去兴趣，对感情同样如此，爱情在开始时总是很美好，而当爱情一旦进入婚姻阶段，必然进入被熟悉和习惯的阶段，进入平淡的阶段。正如燕窝和鱼翅虽然是美味，但一天三餐都吃它，没有人可以忍受这单调。因此丰富婚姻的内涵，给家庭生活注入新的活力就显得极其重要。

人生重要的并不是终点，而是通往终点的一条途径。人们有幸通过各种方式利用它以实现重要目标，这都是一切生命形式遵循的共同原则。

人在出发前往一个陌生的地方之前，通常会查阅一下地图。每个人的内心都有一幅描绘自己的精神蓝图，从心理层面上构建了一个“自我”。对于这个人来说，一旦某种针对自己的想法或信念进入这幅图像，它就会变成“事实”。人对一个人的态度、看法、情感和行为，部分是被自我“教会”的。如果一个人总认为自己很不走运，做事很难成功，表现在行为和态度上，那对方也会认为他是不走运的。同样，婚姻也需要设计，在心间构建一幅美好的蓝图，婚姻的天长地久，靠的就是这种充满希望的信念。

俄国作家列夫·托尔斯泰曾提到，“幸福的家庭都是相似的，不幸的家庭各有各的不幸”。的确如此，一个人的婚姻绝不会好过他对婚姻的认识，获得幸福婚姻的最有效方法就是自我突破，提高自己、完善自己，婚姻才不会构成一种束缚。成功的婚姻离不开规划与设计，即有一个明确的定位和清晰的目标，规划与设计越合理，执行越到位，婚姻就越成功。对于男人和女人来说，时间与青春都是有限的，所以应该格外珍惜。

夫妻脑海中都应有一幅清晰的设计线路图，找好自己的定位，将来有怎样一个远大的目标，确认什么事可以做，什么事不可以做。

未来需要预约，对于丈夫来说，不妨试着告诉妻子自己在做什么，描绘一下未来的美好蓝图，给妻子一个远期的梦想并不需要付出什么，却能让她感觉有希望和幸福，让她相信明天会更好，同时也能使她更易于接受丈夫当前的不足之处。对于妻子来说，如果对婚姻和爱情的期待让自己感到快乐、安全、浪漫、幸福，那么必然也会在其中经历挫败、失望、痛苦和愤怒。彼此恋慕并不足以成为幸福婚姻的基础，婚姻的代价是昂贵的，投资的是人生，人的一生是一个漫长的过程，不能在一个人顺境时和他一起享尽荣华富贵，当他逆境时把他抛弃，然后当他再涨的时候，再把他买进。

在婚姻中，创新意味着自我突破和思维的转换。每一天都是一个新的开始。任何事情都是相对的，婚姻也一样。在缺憾中寻求完整，这是人们共同的希望。新的开始一定要给予自己更多的快乐，夫妻间倾尽所有去经营自己的人生，把高标准的言行举止都落实到每一分每一秒的行为中去，在未来的每分每秒认真用心地生活，相信美好的愿景，学会用美的眼睛去寻找、发现共牵手的真谛。

五、搭配——常用心

一双筷子结构，是由一动筷及一定筷组成，使用时将其夹持在指节间，以形成动筷的转轴支点。两根筷子一根主动，一根从动；一根在上，一根在下。有静有动，配搭事奉；婚姻也是一样，不是所有人都动，也不是所有人都静，总是有人是动，有人是静，动静结合，井然有序，才是搭配。

在一个家庭中，夫妻一旦结为一体，就自然形成有次序的家庭角色关系，在中国的传统文化中，“夫唱妇随”“男主外，女主内”“严父慈母”“阳刚阴柔”等等，是常见的夫妻角色模式。

在现代生活中，夫妻双方各自只有自觉分享自己所有、帮助和成就对方的义务，而没有要求对方做什么和做对方行为审判的权利。无论是丈夫还是妻子，都有自己的感情需要，通常，妻子最希望从丈夫身上获得安全感，丈夫最期望从妻子身上获得成就感。不同的角色期望是很正常的，而且有利于婚姻关系的完善。

角色的搭配还表现在夫妻间的生活中。双方的生活目标、生活态度和生活志趣都需设法互相搭配协调，由独乐变成同乐，这样才能在共同生活中巩固和发展夫妻关系。

每个人在个性方面发展也是不平衡的，必然有所长和有所短，有优点也有缺点。夫妻间互补是指，自己想拥有但确不具备，而伴侣却具备，这是一种欣赏。夫妻间需要了解对方，知道彼此的需求与喜好，对生活的看法，妻子理解和支持丈夫的各种心理需求，丈夫也同样理解与满足妻子的感情需要，这就是良好的角色支持。例如，妻子胆子小，晚上加班后不敢独自回家。丈夫不管刮风下雨，总是在妻子下班时接她回家。丈夫常常熬夜工作，清晨，妻子会更早起床，走到厨房，准备好两人的早点，或把煮咖啡机打开，准备好丈夫喝的第一杯咖啡。

细节涉及习惯，人的行为有 90% 都是受习惯影响的，一件不习惯做的事做久了便成了习惯。婚姻中越是长久的情感越是与一些好习惯紧密连接，有一种能有效带动极积情绪的习惯是不断向对方表示赞赏，不要吝啬自己的赞美，这一投射性行为对于接受者与施加者都有好处。赞赏也是一种暗示，会影响到对方的行为，心理学称之为“实现的预言”。赞赏可以用各种方式来表达，例如聊天，其内容越详细，真诚而具体，效果就越好。所以，聪明的妻子懂得顺应时势，考虑到丈夫的情绪，和丈夫沟通时，会用力地给他感谢和赞赏，依靠及需要对方，尤其在外面，不唱反调，给对方空间去行动，不纠缠、不限制对方行动的权利。聪明的丈夫懂得关爱妻子，不对妻子抱怨的话过分认真，不强迫改变对方，在妻子诉苦时不指责或告诫，而是认真聆听，感其所感，对其表示肯定。

在婚姻生活中，微笑也是一种习惯，人的面部表情很重要，经常面带笑容，释放善意，才会使周围人喜欢。微笑也是投资最少，收效最大的办法。是所有交往中重要的武器，少说话多做事，外加附送一个微笑，就离成功不远了。

良好的夫妻关系体现为一种互动的模式，男人和女人在人际互动的模式和需求上有很大的不同，男人期待他人的重视、尊重和赏识，女人受情绪影响，情感总是细腻的，所以她会希望有各种温馨的举动，期待他人的关爱，这样才有家的归属感。

婚姻的合拍也在于此，婚姻内，夫妻要一进一退，在一方采取攻势时，另一方要退，总有一方是退让的。在婚姻外则要进一起进，退一起退，同进同退，形成团队，不可一个在进，一个在退，那只能造成力量的瓦解。这就是一个相互间的角色的搭配与支持问题。

六、和谐——同心意

筷子十分讲究“和合”。当人们拿筷子品尝美味佳肴时，两只筷子必须要“和”才能完成。“和”是指和谐、配合的意思。在中国传统中，忌讳两个人同时伸筷子抢夹一盘菜。筷子的“和”意味着，一个家不是光靠一个人来撑持的，需要大家同心合意、和谐配合才能兴旺起来。

“家和万事兴”，“和”是中国文化的特质，中国文化传统主张“和合”为贵。孟子曾提出“五伦”之说，即“父子有亲，君臣有义，夫妇有别，长幼有序，朋友有信”。这就是教导人们，人与人的交往要遵从既定的原则，不可乱了章法。在为人处事上，提倡太极式的回旋策略；化解矛盾冲突时，强调退一步海阔天空。

中国文化传统看重求同存异、兼容并蓄，提倡吸纳世界上各种先进思想与文化，这就是“和谐”的精神。在中国人家里的墙上，常挂着“满堂和气”“一团和气”“和气生财”“和气生辉”等，人们的口中也常讲祥和、和睦、和谐、和以处众、和衷共济、内和外顺，都主张“和”。

夫妻间的和谐要“同心合意地求”，《圣经·马太福音》中提到，“凡一国自相分争，就成为荒场，一家自相分争，必站立不住”。同样，一个家庭如果彼此相争，就会导致混乱，分裂。世界上没有相同的两片叶子，也没有完全相同的两个人，只有部分相似。每个人的生活经历、成长环境、家庭教养方式等都有不同，所以形成的价值观、道德观、认知方式都有所差异，行为习惯也大相径庭。即使是经历和环境都完全相同的同胞兄弟姐妹，性格和认知方式也会有差异。这是因为，同一环境中不同神经类型的人，会接受同一事物的不同方面，也就逐渐形成了不同的认知方式。在家庭中，“家和万事兴”的原意就是，找出相同点，保留不同意见。

筷子中的“和”告诫夫妻，要在方法上合作，方向上认同。在社会生活中，人与人之和必不可缺。每个人要和其他人相处共事，与他人和睦友好地相处，相互之间建立起和谐与善意的人际关系，能让人的心态处于轻松自如之中，有利于人体的内分泌，有益于人的身心健康。如果人际关系恶劣，长期处于紧张、愤怒、激动、委屈、悲伤的不良情绪之中，那很可能就会导致疾病发生。

心存谦卑是“和谐”的内在因素。越是谦卑的人，越有亲和力，人们都愿意和有亲和力的人在一起生活、工作。两千多年前，哲学家老子就在《道德经》中提到：“上善若水，水善利万物而不争。”即真正力量最强的人，往往看上去十分平凡，给人以很谦卑的感觉。水能够与万物融合甚至常常妥协，所以不会强硬地跟万物相争，还能处在大家都不注意的地方，这样的人才能海纳百川。婚姻也是如此，以和为贵，平淡如水才是真实而长久的生活。

一个国家的最大问题不是经济和主权问题，而是团结问题，即国家的天平失衡，和得不够。一个家庭也是这样，存在“和”的问题。发生在一个人身上的事，正确与错误只来自于人对这一件事的诠释。人心中的因应态度，决定了它的意义是正面还是负面。

夫妻之间，和谐相处，相互配搭，家便会兴旺起来。家庭成员的自谦是“和”的最有效的途径。谦和的人看别人是“比自己重要”，有一种正确的自我评估，认识自己在生活面前的不完善，从而在与别人的关系上反映出来。而有的人强调以“自我”为中心，别人一定要照他的意思来做事，就失去亲和力，从而也没有人与他真正同心。

七、伉俪——长情深

在中国传统文化中，两根筷子的组合成为一个太极，主动的那根为阳，从动的那根为阴；在上的那根为阳，在下的那根为阴，这就是两仪之象。阴阳互动，便得以使用；阴阳分离，太极便不存在。这就是对立统一，两根筷子可以互换，主动的不是永远主动，在下的不是永远在下，即阴阳也可以互为转化。

夫妻，如同阴阳中的两极，虽然双方并不完美，但能互相弥补对方所缺，形成圆满。夫妻之间，最大的智慧是奉献，放弃自我占有的欲望，认识自己的缺陷，成就对方，而不是以自己的需要为中心，让对方顺从自己，只想依赖与索取。真正的感情是两人能在艰苦的生活中相守，日子久了，双方才会真心接纳，结下深情厚意。

相互信任、相互依靠的夫妻拥有一种世上罕见的财富。鹣鲽情深、志同道合的夫妻并不是天生的，需要双方不断地去妥协与尝试，找到更多爱的契合点。

人生活在一个“相互支撑”的世界里，人类的热情就是爱的表情。人心都是肉长的，自己对人好，人必对自己好。夫妻间的陪伴体现为“接纳”，是爱的关系建立中的基础阶段，一方一旦感觉到对方接纳自己，就会本能地感到亲密和快乐，也会对对方产生好感。

感情是需要两个人共同生活来培养的，把时间分给了对方，就等于把自己的世界分给了对方。两个人在相处中相互依赖，相互信任，分享彼此的感受。

英国诗人乔治·拜伦曾提到，“男人的爱情是男人重要的一部分，是女人生命整个的存在。”夫妻间的感情是最好的教室。在里面，人可以学会最重要的人生功课。伴侣就是最好的老师，因为各自都让对方进入到自己的内心，看到彼此的恐惧与渴望，深入探索，相互影响。良好的夫妻关系中，双方能柔声细语，带着爱去解决问题，抚慰各自的情绪创伤，而不是将负面情绪发泄到对方身上。这些情感上的储蓄，会使夫妻渡过一切难关。一个人会为了对方去改变、去迁就，这就是爱；爱是一个人对另一个人的认同，就体现在生活的细节中。一个人从小成长的背景，常会深深地影响这个人以后被什么样的人吸引，以及日后亲密关系的建立与维护。无论是一见钟情、日久生情，或是两地相思……无论是哪一种爱，自己会在所爱之人的身上，看到了自己母亲的身影、看到了自己父亲的身影、看到了自己的身影，乃至看到了整个宇宙的身影。婚姻，就是为了协助自己一生的命运。通过他人来了解更深层次的自己，改变与突破自己，达成更高的生命意义。

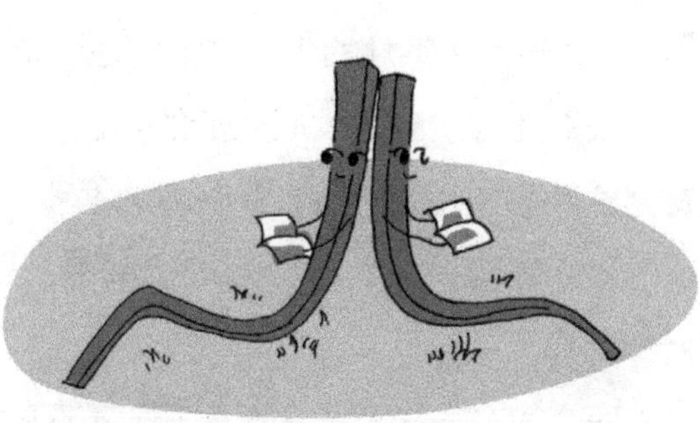

第十章 夫妻携手打拼——创新局

一、激情——有活力

世界上结合最科学、最完美的就是夫妻，夫妻如筷，既简单而又纯粹，双方通过周而复始的合作与矛盾、博弈与谅解，最终磨合出人生的动态平衡和无限乐趣。

结婚后，一个家每天开门的七件事，柴米油盐酱醋茶都要有人去操办，洗好的衣服要有人去晾晒，室内的卫生要有人去打扫等等，时间就在平凡的生活中悄悄地溜走。

婚姻让人找到了共同生活的伴侣，人们倾向于在婚姻中寻找安全感和稳定性，但是随着时间的推移，为了满足彼此需要而存在的婚姻慢慢失去激情。缺乏了激情，人的成就感、愉悦感就会大打折扣。

两个人在一起哪能永远相看两不厌呢？环境封闭会使人渐渐地变得自我封闭，一成不变的生活是夫妻保持持久浪漫感情的一大障碍，当同一快乐不断重复而达到饱和点时，给人带来的满足感将不断递减，也正是因为如此，人们才不满足于旧有的生活方式，不断地去追求新的目标，就有了社会与生活上一切的进步。

夫妻间产生厌倦，很大程度上都是心理疲惫引起的。热情渐渐削减，从而产生身心疲惫、能量耗尽的感觉。一个人不可能每时每刻都保持着饱满的激情，精力十足。一时的厌烦情绪十分正常，但如一直陷入消极情绪的陷阱中无法自拔，就会产生许多负面影响。

婚姻中，爱不仅仅需要承担义务及履行诺言，还要倾注激情，夫妻间，循规蹈矩很久了，脱离常规去做一件事情，会得到意想不到的收获。要找到激情，必须保持一颗童心，只有童心未泯，青春才会永驻，爱情才可历久弥新，保留一点天真、单纯，多拥有一点爱好、好奇心，才能不断地去发现和探知新的东西，不断地发现真善美的东西。

激情是人生的驱动，寻找激情就是要重新审视自己的生活状态，重新从过去、现在和将来的时间走向反省自己人生的价值和未来规划，重新体悟自己和他人、家庭的关系，然后重新定位自己的人生位置，重新规划自己的行动，保持内心的青春活力与创造力，以新的思维模式和精神面貌投入到生活中去。

二、变化——有创意

在中国传统文化中，筷子，一头方一头圆。方的象征着地，圆的象征着天。日月等天体周而复始、永无休止地运动，好似一个闭合的圆周无始无终；而大地却静悄悄地在那里承载着人们，相对静止稳定。万事万物从无到有，天地能量运化，孕育出了无穷变化。

相爱容易相守难，婚姻生活是现实的，也是复杂的。婚姻生活有时并不平静，免不了会滋生出许多事，诸如孩子出世、儿女独立、天灾人祸、生老病死等。这一切打破了婚姻中原有的安静与平衡。生活中的种种矛盾与痛苦，正是提醒人们改变的信号。

许多夫妇出现感情危机的原因，是双方虽然在爱情基础上结合，但是由于婚后停止了追求和努力，使夫妻生活的步伐开始不同步。恋爱与结婚，是情感列车的一次大转弯，两者有着本质的区别。恋爱更多的是一种自我情感体验，而婚姻却是一种生活方式，是一种以爱情为基础的义务与责任的关系。

世界新旧交替、变化无端，每种变化对夫妻都是一个考验，也是一种无形的威胁，许多夫妻常因为没有这种对现实生活变化的应变能力，双方产生不可调和的矛盾。当遭遇挫折和变故的时候，有的夫妻或相互抱怨，或抱怨社会不公。抱怨，只能使自己更加不快乐。除此之外，不会对处境有更好的改变。很多人的抱怨是因为内心深处根深蒂固的索取与要求得不到满足造成的。与其怨天尤人，不如尝试去改变自己、改变现状。

人生的改变有很多方式，就像创作艺术品一样，有许多人依赖于酗酒、暴食等方法，依赖于外界去改变自己的状态，而这些都不能使自己的内心真正振奋起来，待发现有危险时自己变得难以脱身，甚至将人生带入一个悲剧。

万事万物都在变化，安于现状就等于画地为牢。婚姻的成长本身就是一个变化的过程，忽略了这一过程，岁月的庸常就会销蚀婚姻的美丽；烦躁的琐事就会抵消爱情的力量。只有不断突破，创出新意，提高自己，才能使婚姻生活变得丰富多彩。

三、高度——有见识

时代更迭，人类文明穿越岁月，薪火相传。筷子，作为中华文明的一个符号，生活中不可缺少的元素，渗透在生活的每一个角落，承载着美味，传递着活力与快乐。

通常，感受到最强烈的爱情的夫妻，不仅相互欣赏、善待对方，能感受到对方身体上和情感上的吸引力，而且把彼此之间的关系视作自我实现的旅途，专注于个人价值。突破自己，迎接新的挑战。

婚姻生活中，要有长远的眼光，需要把自己定位得再高一些，定位不仅能改变自己的目标，更能改变人生走向。人的能力有大有小，每个人可以根据自己的特长、身体、形象找到自己的人生轨迹和属于自己的风格。没有人生定位的人，不免终日无所适从。自己在心中把自己定位成什么，自己就是什么。懈怠是失败的先兆，一个行动缺失、没有进取心和懒惰的人，会让人看不到希望和未来。

例如，有一位创业者，前任妻子因不能容忍丈夫极少的关心与体贴，而只是一味地与工作、与时间为伴，便时常与其发生摩擦，而两人的个性都很强，因此终于分手了。而第二任妻子却是一个体贴人微，懂得尊敬与忍让的人，她从不干预丈夫的工作，只是帮助对方争取每一分钟，让他安心地完成事业。这位创业者自己也被感动，百忙之中不断抽出时间来陪伴妻子度过美好时光。的确，夫妻二人不应把许多精力消耗在生活琐事、彼此矛盾、互不相让、解释误会上，而应该注意区分事情的大小。

婚姻的高度始于每个人的努力，夫妻应该是和谐的统一体。强大的行动力是美满婚姻的组成部分。一个人做事的态度在婚姻中会清晰地体现出来，有良好自我形象的人通常有很强的行动力，做事勤奋，极其认真。婚姻中的行动力体现为不要考虑太多或怕出错，先去行动，放弃一切完美主义倾向和短期利益最大化，将事做起来，行动力能够很快地改变自己的感受，先提高对自己的期许，通过情绪的改变丢开自我设限的想法，从而突破阻碍自己人生发展的心理障碍，让自己有信心去追求人生中任何想追求的目标。

四、低就——有美德

婚姻的最高境界就是筷子的境界。大到国家，小到家庭，都是一个平衡系统，夫妻间的矛盾即是双方关系的失衡。只有实现双方生活及心理上的平衡，才会有平等、互敬互爱的夫妻关系。

很多婚姻中夫妻关系就如同两国交兵，一攻一守，时而两界交换，斗争得不可开交。这样下去一方势必会伤害另一方。婚姻中，性格偏激的人通常急躁、易怒、阴晴不定，情绪无法控制。他们很可能是出生在关系紧张的家庭中，用发脾气来掩饰内心的敏感和脆弱。而冲动的情绪首先会让自己受伤，接着也会让另一半不开心、压抑、感到不安全。这样的人，在婚姻中完全没有安全感，对两个人的未来没有信心，一旦矛盾发生，马上看到的全是悲观的一面，放大所有不满意的地方，靠着咆哮、哭泣、暴力来控制另一半，直到使事情发展得更糟。

在婚姻的漫长跋涉中，低就需要一定的勇气，时刻保持着生命的低姿态，不要把自己看得太高，和别人在一起的时候，必须要在意对方的感觉和尊严。纵然自己才能出众，也不能目中无人，只有擅长学别人的长处才能不断充实自己。卑微时豁达大度，显赫时不骄不躁。藏锋敛迹，多思慎言，与人为善，宠辱不惊。用平和的心态，适时地咽下一口气，避开无谓的纷争，不做无谓的坚持。

例如，有的夫妻遇到争执时，当一方因故大发脾气，气势正盛时，另一方不再火上浇油，而是保持缄默，只做自己的事，或泡一杯茶，或拿一本书，以退让来释放善意。或当双方都十分愤怒时，一方理智地转移自己和对方的注意力，将对方的思想从引起争吵的这件事上引开。这样，既保全了自己的尊严，又没有得罪对方，避免复杂矛盾的纠缠。

人的天性是追求快乐，回避痛苦。按照幸福最大化原则，能给更多的人带来幸福的人也会更加幸福，损人利己的行为终要受到抵制。夫妻共同维护家庭的兴旺繁荣，因贫困放弃，因富有抛弃，因疾病嫌弃，都是不道德的行为。婚姻里的责任是挑担子，两个人的肩膀上都有重量，在允许范围内，谁多点少点没关系，但如果全都推到另一个人身上，自己想空着手走，那么这副担子会把两个人都压垮。

没有人是无缘无故出现在自己的生命里的，每一个人的出现都有其原因，都值得善待与感激。作家林语堂曾提到，“婚姻的秘诀就是太太高兴，你跟着高兴，太太生气，你不要跟着生气”。家庭中，志同道合的夫妻并不是天生的，需要双方不断地去放低姿态，感情与耐心一起生长，双方形成稳定的关系，孩子也会成长为一个温和、快乐、积极乐观的人。在相处中，明白了这些，就会有更多的耐心和爱去对待另一半。

五、包容——有度量

在中国民间，筷子被视为婚姻中吉祥之物，出现在各民族的婚庆礼仪中，象征着喜庆、美满与圆满。成双成对的筷子意喻缺一不可、齐头并进、相互协助的精神，更是对中国传统爱情天长地久、矢志不渝的体现。

婚姻的价值也体现在这里，真实婚姻的价值体系，表现在双方同心，求大同，存小异，战胜困难，风雨同舟，让共同的信仰维护这种关系延续始终。“爱”是一种信仰。有了这种信仰，世上所有的事都会变得有情有义。

爱与宽容可以给人以无限成长的空间。人本身是没有烦恼的，只是介意的太多，计较的太多，苛求的太多，需要的太多，纵容的太多，才有了无数的烦恼。生活里不一定要渴求他人的理解和认同，因为他人也没有这些义务。过多追求物质上的东西，就会陷入贪婪之中，人生难得平常心。顺其自然，才能获得内心的清静，做人看开一些，才能获得快乐的人生。

夫妻之间的亲密关系就是对人性的考验。海纳百川，有容乃大，海床够低，才能够容纳万千海水。人大部分好的性格特质的产生都要依靠和别人的接触，真正的宽容和慈悲是可以包容那些持不同意见的人，甚至是有心要伤害自己的敌人。他们才是自我心灵修炼的导师。如果一个人的人生太平顺，就会变得懦弱而不思进取。而逆境会帮自己开发内心的力量，让自己有勇气面对困境，从而突破自己。爱因斯坦曾说过：“人是为他人而生存的……我每天上百次地提醒自己：我的精神生活和物质生活都依靠着别人的劳动，必须尽力以同样的分量来报偿我所领受过的和至今还在领受着的东西。”

婚姻中的幸福是什么？幸福源自生命对现实生活和自我现状的肯定与欣赏，局限于物质的幸福始终不是真正意义上的幸福，懂得知足与感恩的人才有更多的幸福感。丈夫或妻子永远不要把婚姻情感之外的不良情绪带进家门，更不要对自己的伴侣有怎样“算计”。即使是伴侣无法继续心平气和的时候，也要先让自己不说话，冷静下来。不要过于看重一时之得失，宽忍异已，给对方留出成长的空间，必会得到好的结局。爱与宽容会创造幸福，创造奇迹，而没有宽容的滋养，爱会变得暴烈与不能持久，不能得到善终，只会留下伤痕和惆怅。

世界上只有想不通的人，没有走不通的路。包容、平和的家庭气氛，是维护两个人感情的关键点之一，与自私、物质上斤斤计较的人生活在一起，每天为了小事争吵不休，生活会变成一场悲剧。英国著名作家迪斯雷利说过：“为小事生气的人，生命是短暂的。”人的思维太过于复杂，所以累其身心。生气，就是拿别人的过错来惩罚自己。原谅别人，就是放过自己。不能改变别人，就改变自己。不能改变事情，就改变对事情的态度。善于包容别人的人也会有脾气，所不同的是，他们更具有控制脾气、抑制怒火的能力。不会因为一点小事而丢掉了愉悦的心情，扰乱了生活的步调，更不会因为一点小事损害了健康。包容是制止报复的良方，带上这个“护身符”，会保人一生平安。因为宽容和忍让的人，会时时提醒自己：“邪恶到我为止。”

包容是相互的事，不要形成总是一方在指责、赌气，另一方来道歉的模式，这种模式很挑战耐心，谁也不能无休止地去包容一个人，即使是夫妻、父子，也不能做到，无休止的霸道，会将对方的爱和耐心全部消耗掉。夫妻间要随时提醒自己，要宽容地对待另一半，尤其是在对方烦躁、失落、情绪不好的时候，一个宽容，温柔的伴侣才是人生最好的安慰。

六、视野——有梦想

人们常用成双成对、形影不离来形容夫妻间的亲密关系，如果没有另一半的存在，就无法享受生活、品味酸甜苦辣，像筷子一样，这也是人类婚姻的终极追求，人在一生中能遇到至爱又是多么幸运的事。

一个人心中拥有了梦想，就会在希望中生活，并不断地创造生命的奇迹。有梦想的夫妻关系，爱情才不会变冷。

婚姻延续人类的生命、文化以及在宇宙中的意义，幸福指数高的夫妻，两个人都有一个共同的梦想，他们平时总是在做“某些事”，即幸福的夫妻总是在做些什么。这个目标可以是在家里种花养草、养小动物，也可以是完成学业、去通过某项考试，也可以是与伴侣一起结伴周游全国等等，总之，梦想并不一定要多么的宏伟远大。

幸福就像一道光，除了让它照在自己身上之外，也要让它照在伴侣身上。越是幸福的人越能在生活中有更多发现，然后向梦想靠近。

夫妻间在不停地预想“未来”，心中的“梦想”本身就已使他们在心理上充分得到满足。他们一起牵着手，在时间的长河里慢慢地走下去，这些才是最珍贵的收获，也是一段感情通往幸福的天堂之路。

第十一章 “以竹为筷”的十二个婚姻特质

一、竹子支起的文明

最常见的筷子的材质是竹子。这不仅仅因为竹子取材便利，造价低廉，适合最广大的人群使用，更重要的是在中国，博大精深的中国文化元素也凝结在了这貌似微小的筷子上，能让世人窥一斑而见全豹。

英国著名学者李约瑟曾将东亚文明称为“竹子文明”，中国则被称为“竹子文明的国度”。中国竹资源非常丰富，产量居于世界首位，中国据统计有 250 多种竹子，主要分布于长江流域和华南、西南地区。当然近些年来随着全球气候变暖，竹子它也逐渐开始向北进军，现在中国北方也有很多竹子。

中国无疑是世界上最早育竹和用竹的国家。早在七千年前的浙江余姚河姆渡原始社会遗址当中，考古学家就发现了竹子的实物。

竹子在中国虽然常见，但它又的确是一种神奇的植物。它与近亲水稻、小麦同为草本植物，却能一夜长高一米，最终同大树般高大，还可以形成磅礴而纯粹的竹海。竹类的一生中，大部分时间为不断生长阶段，它长得非常快，而且基本上是以根而长。只要有根活，即使上面断掉，它很快又长出来，取之不尽，用之不竭。它独特的开花习性也是植物研究的不解谜题。

在中国西安半坡村发掘出距今六千年左右的仰韶文化的遗址中，发现出土的陶器上面已有“竹”字的符号。竹字是典型的象形字，象形字是汉字的源头，“竹”字是典型的文字化石，很容易看出来竹子这种形状。

竹是一个偏旁部首，一般它是做竹字头。所有竹子加工的或者曾经用竹子加工的物品都是用“竹”头来造字。所以衍生出的竹部文字，数量非常大。

到了商代的时候，华夏先民已经摸索出竹材的很多用途，例如，制作竹简。竹简就是将文字刻写于竹片之上，再用绳索把那散片串在一起，这样“书”“册”乃成，汉字的“册”字就由此而来。竹简为中国保存了大量的珍贵文献，比如说《尚书》《老子》《论语》这些经典的文献，过去都曾经刻写在竹简上。殷商时期，用竹简所成的书称为“竹书”，用竹书写的信函称为“竹报”。竹子的另一项重要用途就是造纸。宋代，中国已经开始用竹造纸。

在洪荒满目、文明初启之时，竹子曾经作为武器协助人类与野兽搏斗。原始社会经历过狩猎期、采集期，最后才逐渐地变成农业耕作、饲养等等。在这之前，人们基本上都要和野兽搏斗，竹竿既硬又长而且轻，曾经作为箭、矛等武器帮助人们生存与发展。到了宋代，抛石机、火药箭、竹管火枪等等的制作，都离不开竹子的协助。

竹子曾经作为建筑材料帮助人类抵御风雨。人类最早的那些建筑非常简陋，许多建筑都是竹子搭的。至今，竹子还被作为建筑材料应用着。竹子还能做成种种家具、竹器等。春秋时期，华夏先民曾经制造出一种利用杠杆提水的竹制工具，这种工具后来再发展，就出现了用竹筒提水灌溉，一种叫“筒车”的器械一直应用到近代科学传入中国之前。

竹子全身都是宝，作为食物，竹笋可以制作美食。竹子再硬，刚长出来的时候却是软的。竹笋稍微用水一煮就可以食用，味道非常鲜美。不仅充饥效果好，并且低胆固醇、低脂肪。

在中国古代，竹子的地位是非常尊贵的。它曾经与松和梅，并称为“岁寒三友”。“岁寒”就是指不怕冷，比喻在困境当中也不改它的气节。

中国思想家孔子先提出“岁寒”这种提法，孔子在《论语》中，以“岁寒，然后知松柏之后凋也”教育弟子在面对危难时依然不屈。后来逐渐被后人补成了“三友”，就是松、竹和梅。

回顾历史，竹子在中国文学题材当中出现的次数是非常多的。例如《诗经》中就有大量咏竹诗，直接提及者有五首，出现过七次；间接提到竹子的有数十首。如《诗经·卫风·淇奥》中的“瞻彼淇奥，绿竹猗猗”。

人们对坐于荒野，畅谈为人、为竹的甘苦。历朝历代咏竹赋竹的这种诗文，数不胜数，形成了中国独特的竹文化系列，独树一帜，异彩纷呈。

唐朝诗人张九龄咏竹，称“高节人相重，虚心世所知。”（《和黄门卢侍郎咏竹》）。把它比喻为最高洁之物，与凌寒怒放的梅花、幽香深蕴的兰花、枝头抱香的菊花并称为“四君子”。在中国的传统文化中，秀逸有神韵，纤细柔美，常青不败的竹子，象征青春永驻、长寿、幸福。竹子生长得潇洒挺拔、清丽俊逸，颇有翩翩君子风度；竹子空心，象征谦虚谨慎，不自大自满，而更为难能可贵的是竹子空心却能弯而不折，折而不断，又象征柔中有刚的做人原则。

北宋名士苏东坡也曾经在《于潜僧绿筠轩》一诗中写道："可使食无肉，不可居无竹。无肉使人瘦，无竹令人俗。人瘦尚可肥，俗士不可医。"苏东坡还曾经称颂道："食者竹笋，居者竹瓦，载者竹筏，炊者竹薪，衣者竹皮，书者竹纸，履者竹鞋，真可谓不可一日无此君也。"元朝诗人杨载也在《题墨竹》中提到："风味既淡泊，颜色不为媚。孤生崖谷间，有此凌云气。"

青青竹林，淡淡篁叶，古往今来许多诗人为之吟诗作赋，无数墨客为之画影图形，在中国传统文化领域里面，一向认为诗画一体，书画同源。表现竹子的诗画当中，也不乏佳作名篇。据《太平御览》记载，书圣王羲之，他有一个儿子叫徽之，徽之曾经"暂寄人空宅住，使令种竹。或问暂住何烦尔？啸咏良久，直指竹曰：'何可一日无此君！'"即王羲之之子，称一天都不能离开竹子。

清代"扬州八怪"之一的郑板桥，十分喜爱更擅长画竹。他题于竹画上的诗数以百计，独领风骚。他曾在《题画竹六十九则》中赞美"竹君子，石大人，千岁友，四时春"。又在《竹石》一诗中提到："咬定青山不放松，立根原在破岩中。千磨万击还坚劲，任尔东南西北风。"

由此，中华文化的发轫期、拓展期和繁荣期，都离不开竹子的这种承载，竹对保存和传播中华文明、对中华民族历史文化的形成，发挥过不可替代的推动作用。

二、"以竹为筷"的十二个婚姻特质

淡、雅、清、素、节、空、亮、力、净、直、韧、深。

中国古人们从用手抓食物，到一点一点学会了使用筷子，进入到文明的程序，有史记载的用筷历史已有三千余年。

中国最常见筷子的材质是竹子。筷子与竹子结下了不解之缘，一双微小的竹筷承载着家的味道，承载着满满的幸福感，更承载着中华文明之美、之乐。告诉了人们什么是"启迪""传承""明礼""关爱""和睦""守望"和"感恩"，它的意义不可取代。

中国古时的筷子，大多是用竹子制作的，所以"筷"与"箸"都是竹字头。在一个家庭中，当人举起竹筷，端起碗，中华文化不就在自己的饭碗里吗？

竹是制作筷子的重要材料，中国人自古以来对竹子就有着一种独特的信仰。竹子朴实无华、虚心文雅的特质和中通外直、高风亮节的品格为中国人所称颂。因此，当中国人的用餐工具与中国人最钟情的竹子联系起来之后，其内涵已经升华，形成中华民族品格、禀赋和美学精神的象征。

"竹"字是象形字，是由两个象形竹叶的"个"字组成，两"个"不分离，象征着夫妻幸福，族群繁衍。夫妻关系的亲密、长久，竹子的高洁、清灵，筷子的相依相伴，三者紧密联系，相互渗透，寓意着婚姻关系的相辅相成，和谐统一。竹子的特色，蕴含在婚姻中，形成了淡、雅、清、素、节、空、亮、力、净、直、韧、深这十二个婚姻特质。

竹子，具有淡、雅、清的特质，它处热不燥，炎热的地方只要有竹林，人们就会感觉到有一种非常凉爽的感觉。因为它自己本身不燥。并且竹子遇寒不凋，遇到寒冷以后，它还是那么青翠，叶子也不凋零。

竹子不苛求环境，不炫耀自身，朴实无华，无论春夏秋冬都是一片苍翠。竹子的美能够激励人们的内心的宁静和自我完善。婚姻生活正如同竹子，追求平淡、文雅、清灵，而不是无止尽的欲求。雅与清是一种涵养，夫妻间要求言行举止文雅有度，清清白白为人处事，不管内心活动如何，表现出来的应是遇事不改常态，临危不惧、宽容与平和。婚姻需要经得起平淡的考验，因为平才能长久，淡才能不腻，那是一种相互信任所带来的宁静与幸福，“淡”是生活的味道，也是时间验证的味道。真正的夫妻之间不需要轰轰烈烈地过日子，能够和气、平安、健康、快乐、珍惜、信任，足矣。

素、节、空是竹子的特质之一，从生物学的角度来说，竹子属于多年生禾类植物，它的根茎和躯干皆以木质化，变得非常硬，还有明显的节。因此中国人将这个节予以升华，喻于气节。竹子不惧寒冷，在困境当中始终“咬定青山”，不改气节。古语说：“玉可碎而不改其白，竹可焚而不毁其节”，用竹比喻人的气节。中国唐朝诗人陈子昂，尤其称赞竹子的节。他说春天的树木，有凋谢的时候，也会有繁荣的时候。但是有一样东西就不同：“此节无凋零”，竹子的节，是没有凋零的；“始愿与金石”，他认为竹子的节与最坚硬的金石同在，所以高声赞美“终古保坚贞”，直接将竹子的高洁提升到了品格的高度。

竹子无牡丹的富丽，无梅花的清雅，无松柏的伟岸，无秋菊的奔放。它甘于朴素，甘于寂寞，心无杂念，不哗众取宠，更不盛气凌人，千百年过去了，最终形成瀚海般的大气候。夫妻之道也讲求朴素、有节、空静，择善而从，用朴实无华的态度过日子。

竹子精神既有气节，还要有节制，竹节印证了成长的每一个过程，节制并不是一蹴而就的事，烟花剧烈燃烧，只美那么一瞬，节制，才能天长地久。一个人即便学了再多的学科，看了再多的书，如果放纵任性，不约束自己的言行举止，只会走向失败。节制就是长期与自己的薄弱意志斗争，扛得住诱惑，时时反省体察，检束自己的身心言行，用诚心、仁爱、谦卑的情操来观照自己，除掉心中自私贪婪的杂质。

纵向剖开竹子，里面只有横隔的竹节，其他一无所有。竹的“空”正好表明了它的谦虚。腹中无物就必须从外界不断地汲取营养，不断充实自己，永不满足。“水知淡泊为吾友，竹解虚怀是我师！”“虚怀若竹”即是指贤明的人都很谦虚，虚怀寂静，悠然恬淡，心胸像竹一样能容纳。如果心中装满了自私的想法，总是想着自己，就很难突破自己，很难打开格局。要想找到方向，找到更高远的未来，就必须把脑海中固有的私心杂念全部清空。清空内心，才能有空间去感受他人的想法，才能装入新的志趣，人生的境界就不一样了，看到未来，才可能做更大的事情。

婚姻中，夫妻应有竹子的胸怀，不计较环境的好与坏，利益的得与失，做好心灵的减压。世界上的人千奇百态，没有孰高孰低之分，也不可能只建立在一种规则、一种标准、一种形式下。一个人的快乐，并不是因为他拥有得多，而是因为对他人计较得少，懂得忍让的人才会体会出真实的幸福。一个心量狭小的人，即使住在宽敞的庭院里，也会感到事事不能称心如意。夫妻间注重内心的力量与包容，不因气量狭小而显得局促狭隘。不管世间的变化如何，只要内心不为外境所动，自然清静无忧。

亮、力、净是竹子的精神内涵之一，竹子是地球上最有生命力的植物，无论是峰岭，还是沟坎，它都能在逆境中顽强生存。它的适应性非常强。山野路旁，庭院庙宇，皆可随遇而安。而且它的根扩展得非常快。这是一种真真实实存在的品格，对于婚姻来说，逆境才是真正的检验。好事多磨，逆境挡不住真正的爱情。夫妻既要能共富贵，也要能同患难，当一方遇到困难时，另一方应祸福同当，一起奋斗，相互扶持，无怨无悔，共渡难关，而不是只顾自己，自私自利。

竹子虽然十分普通，但一尘不染，洁净的自然天性为人们所倾倒。婚姻生活，要保持明亮、有力、洁净，做人要像竹子，高风亮节，不悲观，不忘本，不忘形，不阴暗，不算计，远离诸如攀比、争强、夸耀、轻浮、淫妄、贪婪、虚荣等行为。

直、韧、深是竹的又一精神内涵，在竹身上表现出来的“正直”“坚韧”“深刻”，也是中国人世世代代、生生不息、顽强坚韧的精神风貌。列夫·托尔斯泰曾提到，“一个人越聪明、越善良，他看到别人身上的美德越多；而越愚蠢、越恶毒，他看到别人身上的缺点也越多。”正直是人的立身之本，夫妻都需要在“直”字上下功夫，做正直的人，多看到他人的长处和自己的短处，以诚待人，以诚做事。

竹子有很多美好的品质是古人观察出来的。古人曾经颂扬过它们，“栉疾风而扬其劲节，沐冷雨而秀其英姿”。竹子很有韧性，刚柔相济，风吹不折它，一旦有风雨给它洗礼之后，就显得更加美好，更加洁净。

竹子精神是感物喻志的载体，体现为一种意境，一种感觉，一种追求。任何成功都源于有所追求，有所坚持，婚姻也离不开坚持，婚姻的深度，既取决于两个人放弃了多少自我去融合于对方，又取决于人生的理想与追求，给婚姻预定一个目标，每天都要学点东西，进步一点，有“坚韧”的信念，经得起时间的考验，经得起大浪淘沙般的磨砺，不轻言放弃。如此循环，这样的婚姻才会天长地久，才会得到丰富与升华，才会有不可摧折的力量。

第十二章 夫妻婚姻的清明适“度”

亮度是缘，态度是诚

完美长久的婚姻应该是有度的。基调是浓郁而又深厚的爱，调和了尊重、坦诚、理解、珍惜、宽容，又点缀着无数温情，芬芳四溢。婚姻中的爱是深层次的精神领域里的和谐和心灵共鸣，代表着愿意为对方无条件地奉献，而不求索取与回报。

世界上的生命都成双成对，相互弥补。缘分点亮了婚姻之灯，夫妻之间，真诚的态度是基础，需要谨守自己的内心，不可心存诡诈和三心二意。丈夫需用合宜之份对待妻子，妻子对待丈夫也要如此，夫妻不可彼此亏负。物质利益只是一时的，感情却是长远的。婚姻中不能存心贪爱钱财或容貌，功利的爱情则是权力、财富渲染下的假象，它只能维持一时，但不会长久。要从当下做起，从自我做起，从小事做起。做诚实人，讲诚实话，干诚实事，这才是长久和根本。

广度是心，大度是热

理想的婚姻是恒定在一定的维度上的，就像人的体温一样，这样的夫妻相敬如宾、相依相属，彼此分享快乐，分担痛苦，平日亲密互爱，见解不同时虽也会争执，但总能想办法去了解对方感受，以适当的方式解决冲突。

婚姻中，心灵的广度与大度，在于成全与成就他人，渡人于彼岸，不做欺心事，为家庭与社会做出贡献，努力让自己的心灵始终处在一种健康、阳光的状态。有婚姻的人不能只管自己，要乐于与他人分享，顾着自己的伴侣、孩子以及老人，有一碗饭也要一家人分着吃。

人非圣贤，怎能毫无瑕疵，要想面面俱到，全能全有，古今未有。一个人如果心怀嫉妒，心胸狭隘，锱铢必较，这样的人生只能昏暗无光，路会越走越窄。人间的是非善恶，世道的好坏炎凉，都要大度接受，路才会越走越宽。无论生活受到怎样的伤害，不背后说人。不心存怨恨，耿耿于怀。学会感恩，多想想好的一面，感谢生活给自己磨砺的机会，心灵充满阳光，生活自然充满灿烂。

宽度是信，热度是常

婚姻的圆满在于和所爱的人在一起，一个充满爱的家庭很重要，对于孩子来说，家教对一个人的影响远远胜过学校教的东西。

世上没有完美的婚姻，婚姻的宽度在于相互信任，保持内心的单纯和明亮。要人待自己好，自己必须先对他人好。当受到不平等对待时，必须宽恕和同情他人。内心如果有所倦怠，便告诫自己犯了错误，然后心中重燃起炽热的情愫，像最初那样珍惜。

人每天都要经历很多事情，感受着世上的喜怒哀乐，悲欢离合，都在心里安家落户。事情一多，心就会变得杂乱无序，使人失去方向。一般而言，想到的其实都能做到，关键是为什么目标而做？能否坚持不偏离航向？这是一个长期的人生投资。

世界上，所有人的人生都是极其平凡的，即使别人有而自己没有，自己渴望和向往得到的幸福，也极度平凡。欲望是人们痛苦的根源，人的欲望是无止境的，对自己未能得到的东西，人总是“这山望着那山高”而心存缺憾，心底强烈的欲望驱使人去渴望那些自己还没有得到的东西，去羡慕别人。这种比较会扼杀人心，使人堕落，扭曲人对自我的观察，使人的心理不平衡，并有意无意地给自己的生活设置障碍。而当人所渴望的事物真的变成现实的时候，人们会发现，原来它一切如常。

平常心是一种婚姻的“常态”，是婚姻的平衡点，常善待生命，减少心欲，满足心灵，对浮华名利，不必过于苛求，人生也就会变得豁然开朗。幸福的夫妻，两人都会在平淡的生活中忠实于对方，即使认为对方的做法是错误的。罗曼蒂克的爱情一定是现实的理想化，但两人都会深信对方，竭力将浪漫的婚姻热度维持下去，多年以后，他们仍被对方所深深吸引。

高度是放，低度是清

婚姻中有得必有失，该放就放，当松则松，清空自己的私心，给双方多留一些进退的空间，因为距离所以不腻，婚姻才能持久。

东晋思想家葛洪曾提到“天道无为，任物自然”，人所拥有的一切终究不属于自己，不要太贪婪，顺其自然，拿得起放得下才是对自己最好的。人生的每一个阶段，都会遇到各种不同的选择，要想从容选择，就必须学会放下，放下偏见，放下执念，放下怨恨，而不纠结于得失中。

人以群分，物以类聚，人虽没有贵贱之分，却有文化的差异，习性的不同。每个人的爱好不一样，需求也不一样。不能假设对方万事精通，可以一眼看穿自己。自己认为是最好的东西，而于他人却未必喜欢，这就是价值观不同看法也会相异，关键问题是彼此的沟通方式能否被接受，夫妻间的爱需要双方都能感受到，不是用自己喜欢的方式来取悦另一半，而是用对方喜欢的方式取悦对方。

婚姻的艺术，既要严以律己，又要宽以待人，清空私心杂念，给对方一个自由的空间，空间自由在于心灵自由，心灵自由在于放开。洪水泛滥堵则无益导则畅通。爱人不必一直巡游在自己的心上，不管对方是在自己的身边，还是在千里之外。

哲学家老子曾提到“无为而所不为”，无为而为，是要人们不要太去在意结果，太在意结果往往不会得到想要的结果，而不在意结果往往就会是自己想要的结果。世上从来没有注定的不幸，只有不愿放手的偏执。无为不代表什么事都不去想，不去做。相反，无为是一种积极的等待，是对未来的洞见，是一种顺应自然规律运作的方法。夫妻之间，碰到不顺心的事，不要动怒，或着患得患失，纠结于无关紧要的细节。不要把自己想得那么好，把别人想得那么坏，好像真理都在自己手里。放一放，睡一觉再处理更好些。学会大事化小、小事化了，复杂的事情简单化，而不是把简单的事复杂化。

夫妻之间，要做人清白，自己犯了错，就诚实地认错。狡辩、推托责任只会害了自己。过度骄奢、贪慕虚荣会败坏人的品质。俭以养德，任何成功的事业都在于点滴的积累，不懂得“俭”字的人，只会丧失成功。

适度是就，过度是忘

大千世界，任何事都有个度，丈夫或妻子都尽各人应守的本分，做到适可而止，顺其自然才彼此相安。如果违背这个原则，好事也会成为坏事。

每个人都希望爱情轰轰烈烈，若婚姻也是这样持续高温，就容易“发烧”，灼伤彼此。有的夫妻有强烈的个性，棱角分明，总是硬碰硬，两人都很有主见，有什么说什么。情绪上来时，难免伤到伴侣。还有些时候，夫妻两人会长期逃避冲突，遇事不沟通，因为冲突会带给双方痛苦，两人心中的沟壑越来越深，婚姻的温度还会降至冰点，最后“形同陌路”。

婚姻关系中，适度是就，过度是忘。男人和女人终究是不一样的人。夫妻间，若想情谊长久，必须彼此迁就，有勇气能改变可以改变的事情，有胸怀能接受不可改变的事情，知道什么时候“为”，什么时候“不为”。夫妻相处的智慧就是一种权衡和折中，用冷静掌控抉择，用勇气放弃包袱，对伴侣的失误，仅原谅不够，要学会忘记，能够忘记。忘记是对自己和伴侣最好的保护。

幸福的夫妻之间，常在行为上有所约束，在言谈中应有所节制，在内心深处应保持应有的分寸，在任何事上应动静皆得。他们不会相互嫉妒。碰到不顺心的事，一样会生气、发怒，但随后会从自身找原因，各自退让，而不会争强斗狠，一较高低。

百事从心起，鸡毛蒜皮的小事并不值得计较，不必琐屑较量，让自己怒火攻心。世界上，好坏善恶只有咫尺之隔，有时候他人的确有可能会伤害到自己，使自己备受心理煎熬。愤怒是人一种自我保护的本能，是每个人身上都具有的兽性，会使人产生一种失控的感受，沸腾的情绪一下子控制住了人的精神，必然会导致能量的丧失和内心的脆弱，如果任凭怒火迸发，就会像野兽一样失去理智，导致争斗。怒火不仅会伤害别人，也会伤害自己。很多人总是会责怪他人，认为是对方激怒了自己，把一切都怪罪到他人头上，受外界所感染，用愤怒的情绪来回应他人对自己的态度，而忘记了自我观照与控制，自我人格的完善。事实上，正是自己坠入报复的陷阱，走上了与对方同样的路。

厚度是学，长度是人

人到世间走一遭，重要的不是为争名夺利，更多在于突破与超越自我。自身的突破无疑是一种涅槃与重生，人生的价值，并不是以占用财富的多少去衡量的。社会是人生存的载体，思想是人活着的根本。

婚姻的厚度在于学习，长度在于做人。堂堂正正，品行端正，做人才有底气。做人贵在低调，韬光养晦，有自知之明，有独立的人格。静观默察，心如止水，谦虚谨慎，成功得意时知道收敛，失意落魄时懂得振作。

婚姻是人生的驿站，见证着双方共同学习、成长的过程。世上只有想不到的事，没有做不到的事。茫茫的人生旅途，能知道自己在做什么事，知道能把什么事做成什么样，这就是智慧。没有播种，何来收获；没有辛苦，何来成功；没有磨难，何来荣耀。不会从挫折中找到教训的人，成功之路注定是遥远的。人必须时刻追问自己，观察自己，叮嘱自己，提升自己，给自己亮起一盏心灯，磨砺自己，这样才能把人做好，把事做好。

一项研究表明，一个人的知识 1/3 来自父母，1/3 来自老师，1/3 来自 8 小时以外。这 8 小时以外初看没什么，但仅以 5 年计算，每天 8 小时，就是 14600 个小时！折半还有 7300 个小时。夫妻能有效地利用这 7300 个小时，通过学习与思考提高自己，必然有所收获。

幸福的夫妻能理解学习的内涵。当爱情减退时，这些因素可以使婚姻持续下去，使双方变得更加完善。学习是世界上最快乐的事，能使人充实，在面对失败或挫折时从中吸取教训。天道酬勤，一个人决而不断，断而不行，必然贻误时机。做事要量力而行，从小事做起，小事不想做，必然大事做不了，懒惰会蚕食人的激情和品德。无数事实证明，成功的最短途径是勤奋。要改变自己的习惯是无比艰难的，但只要一咬牙坚持下来，一切就会变得简单。

人生短暂，学习的意义没有止境，学习一天就会有一天的意义。改变他人不如改变自己，幸福从来只给有准备的人。自视太高不能达到成功，因而成功者必须培养淡然心态，凡事专注，这才是成功的要点。人生的任何成功都不是侥幸，都是努力加机遇的结果，苦练内功，找准自己的位置，就可以拥有一个有价值的人生。

测度是友，节度是礼

《圣经》中曾提到，对于妻子来说，“不要辖管男人，只要沉静”。一颗长久温柔、安静的心，是家庭最宝贵的财富。对于丈夫来说，要敬重妻子，与妻子一同承受生命之恩。每个人都有心理脆弱的地方，用嘴伤害人，是最愚蠢的一种行为，水深则流缓，语迟则人贵，回答柔和，会使怒消退；言语暴戾，会触动怒气。

夫妻之间，礼貌可以在夫妻之间架起沟通理解的桥梁，减少矛盾。幸福的夫妻两人既是朋友，又是爱人，没有贫富、尊卑、权势之分，彼此契合，知心知意，腹心相照。

俄国作家契诃夫曾说过，“涵养，并不是不允许你把酱油洒在餐桌上，而是当别人洒在桌面上时不一定予以指责”。对待伴侣一定要尊重，无论两人关系怎样好，彼此之间应有的尊重必不可少。感情是用钱买不来的财富。人与人的种种情分，使人的心灵结合在一起，原因是这种珍贵的联系，必然有温柔甜蜜的成分。

人生在世，有招来灾祸的言语，有招来耻辱的行为，一次深思熟虑，胜过百次鲁莽行动。不要在失意者面前谈论自己的得意，这会对人际关系造成伤害。在家庭中，急事，慢慢说，大事，清楚地说，小事，幽默地说，没把握的事，谨慎地说。有礼貌的人会做人，注重礼仪，有人缘，有教养，不树敌，即使绝交也不出恶语，成功路上事事顺。

力度是忍，浓度是净

一个家庭，要和睦相处，必须允许双方都保持自己的个性。与人为善就是善于宽谅。能忍能让，多宽恕别人，少宽恕自己。

婚姻中，爱的力度在于忍耐。宇宙包容万物，人类的心理同样具有多样性，只有忍，才可以容。能伸能屈的树木才能抵得过狂风。忍能保身，忍能成事，忍是大智，大勇，更是大福。君子着眼于未来，只看他人好的一面，不念旧恶。能忍人所不能忍，容人所不能容，处人所不能处。即使是别人对自己提出批评时，也能虚心接纳。"人之心胸，多欲则窄，寡欲则宽。"小肚鸡肠，一丝一毫都要计较，难容他人的人难免成为自私自利的人。

世界上，每一个人都有值得尊重和学习的地方。婚姻中，心存怜悯，将愤怒转化为自身修为的能量和智慧，不在意自己吃亏了，失去了利益或面子。原谅他人，是对待自己的最好方式。从环境来看，人们在温和的氛围中，比在暴力的气氛中更容易发生好的转变。有了稳定的心态，就有了较好的承受力，就有了理智的操纵力，也就能冷静地理解现实。

量度是明，深度是爱

爱是人性光辉中最温暖、最美丽、最让人感动的一面。是婚姻和谐、美好之道。善——就是拥有一颗大爱之心。一个仁爱的人，就像一盏明亮的灯，既照亮了周遭的人，也温暖了自己，爱无须灌输和强迫，只会相互感染和传播。

爱是一个几乎和人类一样古老的主题。爱是人类的一种本能，一种与生俱来的渴望，没有人会认为爱是无关紧要的。一个男人或一个女人，都只是人的一半，是不完整的人，必须找到另一半。爱是古往今来人类生活的永恒主题，总是传唱不绝。

没有爱，就不会有内心的平和安宁，就不可能有世界的和平与美好。大爱无疆，大爱无则，遇到弱者，给以帮助，遇到乞讨者，给以施舍，遇到病残者，主动让座，遇到迷路的行人，为他们指点方向。一切人，一切事物都是相牵连的，在施予他人的时候，事实上是利益自己，人生缘分会自然悄悄变化。当伤害另一个生命时，实质是在伤害自己。

夫妻之间，唯有爱能造就一切。有了爱，百炼钢化为绕指柔，幸福无处不在。凡事谦虚、温柔、忍耐，用爱心互相宽容，婚姻才能圆满。

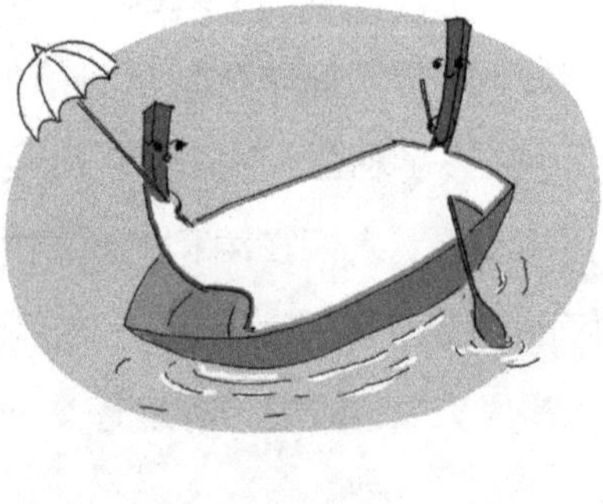

附录 筷子与中华文化

1. 筷子与中华文化

文化是一种力量，这种力量时时刻刻都存在着。看不到摸不着的东西，它看似若隐若现，万象纷呈，飘逸不定，可有可无，但却有着超越物质的力量。

文化左右着一个人，一个民族，一个国家的前途命运。它表现为一种制度，一种思想，一种行为，一种爱好，甚至一种习俗。

中国文化有几千年的传承。孔子周游列国，讲书论道，他创立的儒学思想建立了社会秩序、道德的准则，其礼让为先、睦邻友好、和而不同的精神内涵支撑起中华大一统的儒家文明。

对于一个国家来说，忽视了文化的力量，前进的方向就容易偏航，文化决定着命运。文化是惯性的，是历史的积淀，几十年，几百年，几千年，形成起来需要用“历史”这个厚重的词来描绘。

文化的培育需要时间，需要开阔自己的视野，舍弃片面追逐功利的境界，需要内涵、底蕴的推动力。一个国家或家庭，需要文明的、向上的、健康的、催人进取的文化；需要规范的、理性的、严谨的的文化；需要醒悟的、求实的、坚忍的、执着的、无所畏惧的文化；需要宽容的、自信的、快乐和谐的文化。

中国的筷子文化，就是中华民族具有本土文化特色的文化。

筷子是东方的标志之一，美国历史学家怀特曾提到："用刀叉、手指和筷子吃饭的三类人，都以强硬的态度维护自己的餐具。"说得不错，作为人类延续自身的本能之一，吃饭能看出一个民族的很多细节。在众多的民族中，中国人是最著名的筷子一族，对于一个心仪中国文化的外国人来说，接触这种文化都是始于学着使用竹筷。

一位日本学者曾从生理学的观点对筷子提出一项研究成果，他认为用筷子进食时，要牵动人体30多个关节和50多条肌肉，从而刺激神经系统的内在活动，大大有助于人的动作灵活、思维敏捷。可见，使用筷子对健康有益。

有时候，使用筷子的熟练程度总是与学说汉语是同步的，汉语说得顺畅了，筷子也就算拿稳了，这也是中国人的一项思维游戏，是讲究心手相应的游戏，它是火候的拿捏，是控制与反控制。别的例子又如中国象棋，或是围棋，或是精细的手工艺品，或是杂技，都需要类似筷子的平衡对称的手上功夫。

中国是筷子的故乡，筷子是中国人每天必须使用的饮食器具。小小的两根筷子，国人运用自如，从孩童开始就遵父母的教导学用筷子了。

2. 中国筷子起源

人类使用工具是一个进化的里程碑。使用工具大大灵活了手，手的灵活又促进了大脑的进化。

现今人类进食的工具主要分三种，欧洲和北美洲主要用刀、叉、匙，一餐饭三器并用；中国、日本、越南、韩国和朝鲜等国统一用筷；非洲、中东、印尼和印度等国主要以手抓食。

美国加州福尼亚大学教授怀特在调查后曾提到“用刀叉，手指和筷子吃饭的三类人，以强硬态度维护自己的餐具。”例如，印度等南亚国家，人们吃饭的方式还保留着某些传统的习惯。在家中，每人面前摆放一个大盘子，把米饭盛上，再浇上菜和汤，然后用手稍加混合，捏成团，就抓着送到嘴里。在街头的小吃摊、小吃店以及寺庙里，人们通常用一种干树叶压制成的盘子来盛食物，有的餐馆则给每个吃饭的人一片新鲜的大树叶子，用来盛米饭等食物。

中国是世界上以筷为食的母国，在世界各国饮食中，中餐最丰富，各类菜式层出不穷。使用筷子进餐也是一种聪明、文明与有效的方式。原来以手抓食的马来西亚、新加坡、印尼等地，由于大批华侨以筷进餐，天长日久，当地居民受其影响，也学会以筷吃饭，故而全球华人多以用筷进餐为荣。

西方人现在的文明源头可以追溯到最早的西亚文明，即美索不达米亚文明，大体上在现在伊拉克的幼发拉底河和底格里斯河两河流域一带，而中华文明的源头，根据考古发现，在黄河、长江南北广阔的区域，都出土了新石器早期文明的遗址。

在火的使用没有被人类掌握以前，人类肯定是生吃食物的，只有掌握了火以后，人类才开始慢慢有了用火烤和烧的熟食。或直接放在火上烧，或在火上架层石板，把食物放在石板上烤。

华夏先民发明筷子与食物有关。西方人最早是游牧民族，游牧民族随身带刀，往往将肉烧熟，割下来就吃。后来走向定居生活后，欧洲以畜牧业为主，面包之类是副食，直接用手拿。主食是牛羊肉，用刀切割肉，送进口里。到了城市定居以后，刀叉进入家庭厨房，才不必随身带。由此不难看出今天作为西方主要餐具的刀和筷子身份很是不同，它功能多样，既可用来宰杀、解剖、切割牛羊的肉，到了烧熟可食时，又兼作餐具。

而在中国，长江、黄河、珠江三大流域孕育了农耕和渔猎两种文化形态，农耕比渔猎更容易获得稳定的食物来源，中华先民很早就开始了农耕生活方式，主要作物是适应性强的谷子（黍）。黍类粮食有两大特点，首先是颗粒小，其次是粗糙的外皮不易被除去。

据考古研究，中国是世界上最早使用陶制容器的国家，世界最早的容器陶片在中国江西上饶万年县的仙人洞遗址发掘出土，陶片可追溯到距今两万年前，这是目前世界已发掘出土的陶制容器的最早年代。有了陶器，华夏先民就可以煮、蒸、炒了，而且可以把多种食物、调料一起放到陶器里煮。在最初的时候，华夏先民进餐基本采用蒸煮法，可能是将谷粒捣碎煮粥食用的，往往还要掺杂一些肉、野菜、树叶之类一起煮，做成羹，以便改善口味，并节约粮食。这类饭可用陶器盛装，但吃起来比较费事，其中的野菜和树叶之类会妨碍饭的流动，而不容易把食物吃进口中。因此，可能有一个聪明的古人顺手取来小木棍儿之类的东西试着把野菜或树叶拨入口中，这就是筷子的最初形式。

远古时期，古人把煮东西的工具不叫锅，叫釜，“釜”圆底而无足，必须安置在炉灶之上或是以其他物体支撑煮物，釜口也是圆形，可以直接用来煮、炖、煎、炒等，可视为现代所使用“锅”的前身。

箸的出现，并不是孤立的。食物煮出来以后，就有个要把食物从釜（锅）里捞取到盘子或者碗里的过程，热腾腾的粥饭，特别是半流质的粥食，不便直接用手抓食，需要借用某种中介器具，于是简单的餐勺也被发明出来了。最初，人们随手捡来兽骨骨片或蚌壳，也许并没进行修整就用它取食了。时间一长，人们不再满意骨片长长短短的自然状态，开始对合适的原料进行加工，于是真正意义的餐勺就被制作出来。冶铜技术出现以后，文明时代的人们将所获得的铜首先用于制作装饰品和饮食器具，作为进餐用的餐勺也开始用铜打造。骨质餐勺的消失，是铜质餐勺逐渐增多的必然结果。

餐勺，在古代的名称或为匕，或为匙。一般人认为进餐用刀叉是西方人的发明。其实中国人在很早的时候就发明了餐叉。7000 年前浙江河姆渡遗址就发现了很多精美的骨制餐刀。考古发现，从西周到战国，先后流行过青铜勺形、尖叶勺形和长柄舌形餐刀。窄柄舌形餐刀从春秋到宋元一直用了 2000 多年，制作材料有青铜、银、金等。

在周代的青铜餐勺上，通常自铭为“匕”，这应当是周人对餐勺所取的固有名称。匕是餐勺在古代中国的通名，秦汉以后的文献中，餐勺仍以匕为通称。汉代已开始称匕为匙,《说文》云：“匙，匕也”;《方言》云：“匕谓之匙”，表明在汉代以后，匕与匙的名称是能够互换的，但比较而言，匕作为专名使用更为广泛一些。在现代社会，匕的古称已经完全消失，人们可以把餐勺称为勺子、饭勺，也可以称为瓢羹、汤匙，还可以称为茶匙等等。

战国时餐勺还采用了漆木工艺，出现了秀美的漆木餐勺。漆式餐勺同青铜餐勺一样，造型亦取窄柄舌形勺的样式，整体髹漆，通常还描绘有精美的几何纹饰。

一统的秦汉时代，人们进餐时使用的餐勺，无论在器具的造型或制作材料的选择上都大体承续了战国时代的传统，考古发现较多的仍然是那种窄柄舌形勺餐勺。引人注意的是，出土的属于秦汉时代的漆木餐勺数量很多，尤其是在南方地区，可以想见当时贵族们的餐桌上很少见到青铜餐勺，而漆木餐勺却越来越受欢迎。

餐叉在中国起源于新石器时代，它同餐勺一样，起初都是以兽骨为材料制作而成。到了青铜时代，使用餐叉的传统得到延续，考古发现的这个时期的餐叉也多由兽骨制成。在夏商周三代，各地出土餐叉数量很少。到了战国时代，餐叉的使用在上流社会显然受到重视，考古发现了这个时代较多的餐叉。

中国人用餐叉的历史悠久，刀和叉至少在战国时期还被中国人当餐具用，不过华夏先民没有将餐叉作为首选的进食器具，它实际上是基本被淘汰出了餐桌，主角基本只剩下了筷子和勺子。

1924 年，中国学者蔡元培，赴法国里昂参加中法大学董事会议，曾与法方董事长巴黎大学教授欧乐交谈时提到“早在三千多年前，我们的祖先也用刀叉，不过，我们中国人是酷爱和平的民族，总觉得刀叉是杀人的武器，使用它吃饭菜太不文雅，所以从商朝时起就改用‘匕’割肉，用箸夹菜。后来烹饪技术改进，筷子可以夹肉，‘匕’就不再用于席上。”蔡元培说出了筷子的演变历史和它美好的象征。

与带有攻击含义的刀叉文明相比，使用两支棍子的筷子文明更平和，比起刀叉来，中国人对筷子更有感情，中国古代的箸，由考古学提供的实物证据而论，它的出现要晚于餐勺。在四千年前的夏代，箸还处于雏形，后又经过数百年的不断演化，至商汤时代也就渐渐形成比虎口长一些的两根长短相同的小棍棍。年代最早的古箸出自安阳殷墟1005号墓，有青铜箸6支，为接柄使用的箸头。

细细的一双筷子传承了中国传统文化儒家的思想。《孟子》梁惠王上篇讲："君子之于禽兽也，见其生，不忍见其死；闻其声，不忍食其肉。是以君子远庖厨也。"既然君子不能见禽兽之死，更不能见厨房里的刀光血影了。孔子《论语·乡党》提到："食不厌精，脍不厌细。"大大小小的肉块已经在厨房切好，温文而雅的君子们只需用筷子优雅地把菜品送入口中。桌面上既没有锃亮的刀叉，也没有牛肉的血光，食物已经不再是暴力猎取的对象，成双成对的筷子又多一份"以和为贵"的意蕴。既然"以和为贵"，所以中国的筷子是圆头的，而且略长，方便制作各种油炸食品。

筷子有多种名称，先秦时期称"挟""荚""策"等。到了汉代，司马迁已称其为"箸"。司马迁在《史记》中曾有"纣为象箸"的记载。纣王为商代末朝的国王，为满足于自己君王奢侈的高贵生活需要，就下令猎象锯牙而制成象箸。以此推算，中国公元前1144年前后，即在3100多年前已出现了精制的象牙箸。

古代中国人在进食时，餐勺与箸通常是配合使用的，两者一般会同时出现在餐案上。依《礼记》的记述，周代时的礼食既用匕，同时也用箸，匕箸的分工相当明确，两者不能混用。箸是专用于取食羹中菜的，正如《礼记·曲礼上》所说，"羹之有菜者用荚，无菜者不用荚。"

荚就是筷子，它是用于夹取菜食的，不能用它去夹取别的食物，《礼记·曲礼上》还特别强调食米饭米粥时不能用箸，一定得用匕。

先秦时，菜除了生吃外，多用沸水煮食。按照当年礼制，箸只能用于挟取菜羹，饭是不能动箸的，否则被视为失礼。《史记》也有记载："犀玉之器，象箸而羹。"所以当年箸的作用较单纯，仅是用来挟取菜羹而已。

《礼记》中也曾提到"以土涂生物，炮而食之"。即把谷子以树叶包好，糊泥置火中烤熟。当先民把包好涂泥的谷粒置火灰中烤时，为使其受热均匀，不断用树枝拨动，这种烤食法也推动了筷箸的形成。

古籍《韩非子》称筷为"箸"，佐证了筷最初是以木竹为材质。因为中国北方多木，而南方多竹，中华先民便就地取材，所以竹木是中国最原始的筷子的原料。

先秦筷箸，有青铜制品，更多为竹木制品，不像青铜器埋入地下数千年依然形器完整，即使锈迹斑斑，或有些残缺，也可修复。而筷箸因身材细小，又是竹木材质，入土多易腐烂，近代，考古研究者从古墓中也发掘了一些古箸。

1961年，中国考古工作者在云南省祥云县大波那发掘了一座罕见的铜棺墓，其中出土了三根圆柱形的铜筷，经放射性碳素测定，为公元前500年左右东周中期的物件。1977年，安徽省贵池县出土了一批东周青铜器。其中就有生活用器铜筷一双。该筷为细长方形，残长20.3厘米，宽4毫米。看来，青铜不但制成鼎、鬲、尊等炊器、祭器，也制成箸等小餐具。1978年5月，考古工作者在湖北随州市西北约三千米的擂鼓墩，发掘了战国早期曾侯乙墓群，出土文物中就有竹策。竹策，就是现代的竹筷。

到了汉代，箸的使用已非常普遍。楚汉相争年代，楚军兵围汉王于荥阳，双方久战不决。楚军竭力截断汉军的粮食补给和军援通道。汉军粮草匮乏，渐渐难撑危机。高阳酒徒郦食其向刘邦建议，让他立刻分封战国时期六国的后代。当时刘邦并没有看到它的危害性，反而拍手称赞，速命人刻制印玺，使郦食其巡行各地分封。在这关键时候，张良外出归来，拜见刘邦。刘邦一边吃饭，一边把实行分封的主张说与张良听，并问此计得失如何。张良立即表示坚决反对，从刘邦的食案上抓过一把筷子，帮助刘邦分析，从八个方面力驳这种主张的危害，每提出一个理由，都摆出一根筷子。这就是“借箸代筹”这个典故的由来，与“张良借箸”同义。刘邦接受了张良的意见，收回成命，避免了分裂割据现象的出现，成就了两汉 400 年的统一大业。

在汉代，餐勺和箸也是同时使用的，人们将勺与箸作为随葬品一起埋入墓中。相传，西汉有位巨无霸者，是位勇猛武将，生得虎背熊腰，他有一个与众不同的习惯，就是每日进餐必用二三斤重的铁筷，以显示其臂腕有超人之力。

《三国志》中曹操煮酒论英雄，提到“今天下英雄，唯使君与操耳。本初之徒，不足数也。”刘备听到后，“失匕箸”。这句话是说，曹操说“当今天下英雄，只有我和你刘备两人而已”，刘备意识到曹操的真实用意，赶忙巧借惊雷响声，佯装害怕将筷子失手落地，以表白自己是个胸无大志的庸人，从而消除了曹之戒心，保全了自己。在甘肃敦煌唐代《宴饮图》的壁画中，绘画中每人面前都摆放着勺和箸，摆放位置划一，相当整齐，将勺箸在古代的分工又一次演绎得非常明白。

使用筷子需要有一定的技巧，因为它是世界上所有进食具中最难掌握的一种，两支箸之间没有任何机械性联系，全靠大拇指、食指和中指三指恰当掌握，辅以无名指的协作，方能运用自如。五指并用的人，人们常常也能见到，儿时养成的就是这样的习惯，《相书》上说“三指用箸者自如，四指用箸者贵，五指用箸者大富贵”。

中国北方为小麦主产区，箸筷和面条相辅相成。要享用一碗滚烫的汤面，怎么能离开一双顺手的筷子。宋代孟元老曾在《东京梦华录》中记载了北宋开封人吃的几十种面条，同时也特意提到了吃面条用的箸。自此，一双筷子一碗面，成了中国普遍的饮食方式。就连不产小麦的岭南也费尽心思把大米研浆过滤、发酵、熬煮、挤压，加工成纤细的米粉，用筷子挑着吃。

唐朝时期，诗人李白在《行路难》中曾描述：“金樽清酒斗十千，玉盘珍馐直万钱。停杯投箸不能食，拔剑四顾心茫然。”，那是他在天宝三年（公元 744 年）因受权贵谗毁，丢掉“供奉翰林”之职而落魄离京时食不下咽的真实写照。诗人白居易也曾在《醉赠刘二十八使君》中拿筷子击打盘子吟唱诗歌，“为我引杯添酒饮，与君把箸击盘歌。诗称国手徒为尔，命压人头不奈何。”

唐朝诗人杜甫曾在《丽人行》中提到：“犀筋厌饫久未下，鸾刀缕切空纷纶。”诗中“犀筋”，是指犀牛角制的筷箸。宋代女诗人朱淑贞也在《咏箸》诗中提到：“两个娘子小身材，捏着腰儿脚便开。若要尝中滋味好，除非伸出舌头来。”前两句将筷子拟人化，形象生动有趣。

筷箸在魏晋南北朝的阶段有了很大的发展，在魏晋以前出土的多为竹木箸、牙骨箸和铜箸。

隋代长安李静训墓出土一双银箸，长 29 厘米，两头细、中间粗，是迄今为止中国考古发现最早的银箸。

古名医陈藏器说：“铜器上汗有毒，令人发恶疮内疽。”事实证明，铜氧化就会产生铜腥气，铁氧化锈迹斑斑，都难以进餐，故铁箸铜箸渐渐为银箸所替代。

唐朝盛世饮宴之风风靡长安，美味佳肴丰富了，冶炼水平有了大的提高，箸匙等餐具也向金银豪华方面发展。据《开元天宝遗事》记载："宋璟为宰相，朝野人心归美焉，时春御宴，帝以所用金箸令内臣赐璟。"当年黄金餐具器皿为皇宫所垄断，北魏时，曾规定上自王公下至百姓，私造金器者是犯法的。所以当宋璟听说皇上赐他金箸，这位宰相十分惶恐，愣在恫陛前不知所措。唐玄宗见状说："非赐汝金，盖赐卿以箸，表卿之直耳。"当宋璟知道是表彰他如同筷箸一样耿直刚正时，这才受宠若惊地接过金箸。但是这位"守法持正"的老臣，并不敢以金箸进餐，仅仅是把金箸供在相府而已。

在唐朝，银箸已为达官贵族及士大夫阶层所宠爱，银为贵重金属，其价格仅次于金，当年铸造如此长的大量银箸，反应出唐代的繁荣昌盛，国富民强。唐代出土的银箸，不但数量多，箸也长，最长者有 33.1 厘米，可春秋两汉间出土的各种筷箸中，多在 17—18 厘米之间，最长 51 厘米，为木质。

唐代当年常举行盛大饮宴，在敦煌 473 窟的壁画《宴饮图》中，凉亭中长桌两边男左女右坐着四男五女，仅从女方一面来看，人人面前都放有箸和匙。还有一幅西安出土的唐代墓室壁画《野宴图》，赴宴者人更多，坐立者十九人还有侍女两名，餐桌上放满了耳杯盘盏之类，同样也可明显地看到一双双横放的筷箸。

宋代起，筷箸已朝向工艺品方向发展。宋辽夏元也有不少筷箸出土，质地多为银制和铜铸。与唐代相比，相对较短，在 25 厘米左右，最短者仅 15 厘米。"击箸和琴"是说南朝刘宋时，柳恽酝酿赋诗，用笔敲琴，门客有人"以箸和之"，奏出的哀韵使柳恽大为惊讶，于是"制为雅音"。

自唐代起，宋朝、元朝、明朝、清朝都统一称筷子为“箸”。明朝冯梦龙在《喻世明言》中提到：“只见两个丫鬟轮番地走动，摆了两副杯箸，两碗腊鸡，两碗腊肉，两碗鲜鱼，连果碟素菜，共一十六个碗。”。

箸的名称，在明代发生了变化。明陆容《菽园杂记》中记载：江南民间行船的人忌讳“住”与“箸”谐音，因为船民特别怕船“住”，即船停住了或被虫蛀了，因此改“箸”为“快”，图个吉利。虽然明代民间已有人称“箸”为“快”，但清朝《康熙字典》并不承认民间将快加了竹字头的“筷”字，而仅收录了“箸”字。但自清朝起，筷子的称呼已习以为常。

在明代，箸的款式特别明显的一点，首方足圆。所谓“首方”，即是上部为方形；“足圆”，即箸的下半部为圆形。明代以前无论是银、铜、竹、木、牙箸等，大多为圆柱体，也有六棱形，但四方形极少，可是明代箸却以首方足圆为特征。首先圆柱体筷箸容易滚动，而民间称之为四楞箸的首方足圆箸，不会滚动，设宴待客放在桌上很稳重。四楞箸比圆形箸更易操纵，如吃拔丝类菜，方头筷握在手中用力拨菜也不易打滑，吃面条更得心应手。四楞方箸为能工巧匠在箸上题诗刻字雕花提供了艺术发展的良好条件。圆柱体筷箸难以表现绘画刻字，方箸不但可以两筷相应拼组成画幅，也可十双筷箸排列组成更大的画面。方箸既可以单面刻，也可双面刻，还可以四面刻，圆箸为此相形见绌。

清代筷箸，多为竹木筷镶银，其特点为制作工艺精巧美观。筷子方圆有致，式样精巧、或烙画、或镂刻，让人观赏把玩，爱不释手。清袁枚在《随园食单》中说：“美食不如美器，斯语是也。”清代，在云南武定县出了个烙画筷子的名艺人武恬，他能在长不盈尺的筷子上烙画唐代画家阎立本的《凌烟阁功臣图》《瀛州十八学士图》，所绘人物须眉衣饰，栩栩如生，其技艺号称天下无双，出自他亲手制作的工艺筷亦是身价百倍。四川江安的竹簧筷驰名中外，1919 年曾在巴拿马国际博览会上夺得优胜奖章。此筷创制于明末清初，以节长壁厚之楠竹为原料，经煮沸、制坯、露晒、打磨等多道工艺再精雕细刻而成。所刻狮头竹筷、有单狮、双狮、踏宝狮、子母狮等八十多个品种。据说，制作一双传统狮头簧筷，单是两个狮头，有时竟要雕上三百到四百刀才能完成。其做工之细，技艺之精，令人叹服！小小的筷子上，可以一览大千世界。真是琳琅满目，美不胜收，使人眼花缭乱。

清代筷箸既有上下双镶箸，也有三镶箸。曹雪芹的《红楼梦》既有“乌木三镶银箸”，又有“四楞象牙金筷子”出现在大观园的餐桌上。《红楼梦》第四十回中提到：“凤姐手里拿著西洋布手巾，裹著一把乌木三镶银箸，按席摆下。”所谓“三镶”就是顶镶银帽，足镶银套，中部镶银环，由此可见贾府的荣华富贵。

小说《儒林外史》第四回中有这样一段描写：范进中举不久，丧母守孝。恰在这时汤知县请他赴宴，山珍海味，美酒佳肴，还配有“银镶杯箸”。范进却退前缩后不肯入席。汤知县不解其故，经张静斋点拨，“换了一个瓷杯，一双象箸”。但范进仍不进餐，再换上一双白色竹筷，“居丧尽礼”的范举人才用之在燕窝里捡了个大虾圆子送进嘴里。原来，在这个守孝举人眼中，唯有白竹筷才最合乎“孝道”，至于是否大吃荤腥有碍“孝道”反倒是无关紧要的。通过这段不动声色“换箸进食”的描写，说明了筷子在中国人的生活中，不同场景中有着不同意义。

3. 中国筷子的传说

筷子的起源来自于熟食。传说中，筷子是大禹发明的。尧舜时代，大禹受命治水，三过家门而不入，他日日夜夜和兇水恶浪搏斗，别说休息，就是吃饭、睡觉也舍不得耽误一分一秒。

有一次饭刚做好，大禹不愿等肉汤冷却而白白浪费时间，所以就砍下两根树枝把肉从热汤中夹出，吃了起来。从此，为节约时间，大禹总是以树枝、细竹从沸滚的热锅中捞食。手下的人见他这样吃饭，既不烫手，又不会使手上沾染油腻，于是纷纷效仿，就这样渐渐形成了筷子。故事的真实性无从考究，不过因为熟食而发明了筷子是理由充足的。

筷子在中国古人的生活中，扮演着重要角色。例如在《三国演义》中的“曹操煮酒论英雄”一回中，席中听见曹操说了几句关于天下英雄的话，使刘备在吃惊中不觉筷子掉于地上。《红楼梦》第四十回里写道：在大观园里摆下宴席，“凤姐手里拿着西洋布手巾，裹着一把乌木三镶银箸，按席摆下”。

关于筷子的讲究，在中国有很多，中国人在不同场合用不同颜色的筷子，如喜事用红筷子，而丧事忌讳，要用白筷子，表示对死者的尊敬。一双筷子要同一色，如果用杂色筷，预示家庭不和。

中国还有用筷远近的说法：筷子拿得远，嫁得远，娶得远。过去女孩子出嫁时，在给女儿的嫁妆中，总少不了筷子。在中国民间，筷子有各种寓义，例如祈子，取民间吉利语“筷子快子，快快生子”。在广东潮汕地区，至今仍有新郎新娘入洞房时要喝桂圆汤的风俗，但吃桂圆不用汤匙，要用红筷子，意思是“快生贵子”。另外，结婚陪嫁筷子还有希望小夫妻以后成双成对，永不分离之意。云南阿昌族娶亲接新娘时，在丈人家新郎官吃早饭用的“筷子”，必须要用足足有五六尺长的细荆竹特制，梢子上还带着一簇簇绿叶，并拴上鲜花之类的东西。蒙古族的筷子曾风靡全国，为人们喜闻乐见。民间还有用筷子敲击碟子的舞蹈，碟声悦耳，舞姿优美，别有韵味。

在宴席上，人们也会通过筷子摆放的形状来表示祝福。成双成对的筷子赠送亲友有不同的喻意，送新人，喻意合二为一，快生贵子；送朋友，喻意双木成林，同甘共苦；送爱人，喻意双宿双栖，永不分离；送老人，喻意快乐永久，福寿无疆；送孩子，喻意筷长筷长，快长快长；送外国人，喻意中华文化，源远流长。

筷子主要是用竹子和木材做的，但也不乏各种高档、珍贵材料做筷子。如“象牙筷子”，玉石筷、金属筷等，其中以金属筷子为多，如金筷、银筷、铜筷、铁筷、铅筷等。银筷被古人赋予验测食品安全的功能。古人认为“银能验毒”，宋代法医名著《洗冤集录》中，便有用“银针验尸”的做法。明清时期人们尤其相信银筷子验毒灵验一说，《本草纲目》“生银”条称，“今人用银器饮食，遇毒则变黑；中毒死者，亦以银物试探之。”《红楼梦》第四十回中，凤姐吃饭时便对乡下来的刘姥姥说，“菜里若有毒，这银子下去了就试得出来……”可能正是因为这一点，银筷子更为古人青睐。不过，在清朝御膳房，给皇帝供食时所用的验毒工具不再是银筷子，而改用“银板”，或直接用银盘盛装。

筷子在古人眼里并非仅仅是餐具，古人还认为筷子有神性，常通过筷子来观察和分析人生和未来。《太平御览》引《相书》上的说法，称“人，三指用箸者，自如；四指用箸，贵；五指用箸，大富贵也”。实际上，筷子在古代常被当成占卜工具，叫“箸卜”。唐末五代时的南唐每到正月十五元宵节，便流行箸卜，宋初徐铉《稽神录》中即记录了这一说法:“会正月望夜,时俗取饭箕衣之,衣服插箸为觜,使画盘粉以卜。”箸卜过去在岭南等地很流行。在筷子的占卜系统中,“请筷子神”最为简单,所以在民间极为流行:用三四根筷子,蘸湿,使并立于水碗中或灶上。立箸过程中,口中不停地念着不同神灵的名字,筷子立定时所念的神,就是“值班神”,要礼敬之,祈求其庇护。

4. 筷子的分类

筷子是一种食具,用于夹起食物并把它们送往口里。英文名:chopstick(单根筷子),chopsticks(一双筷子)。

筷子品种可谓千姿百态,包括竹木筷,金属筷,牙骨筷,玉石筷,塑料筷等。最原始和常见的筷子是木质和竹质的,因此人们使用最多的也数竹木筷。竹筷有斑竹筷,棕竹筷,紫竹筷,楠竹筷,慈竹筷等。木筷品种很多,楠木、枣木、冬青木,乌木,檀木、酸枝木、花梨木、鸡翅木等皆可制筷。

世界上最长的筷子是以百年以上的老红松木为原料,历时一年制作完成,其长度为 6.295 米,方头宽 11 厘米,圆头直径 7.5 厘米,重达 53.7 千克,现保存在沈阳的中华饮食文化博物馆。

目前全世界至少有 18 亿人使用筷子,筷子可以说是影响整个东亚地区饮食文化的发明。与以手取食相比,中国人的筷子则将进餐变成了艺术,一双筷子就如同手指的延伸,仅仅两根简单的木头就将“夹、戳、撮、挑、扒、掰、剥”所有技能囊括进去。

中、日、韩三国都属于筷子文化圈,筷子是大约在公元 6 世纪的时候从中国经由韩国传到日本。中国人的筷子最长,在手抓的一端是方形横截面,与食物接触的一端是圆形的,终端是一个较钝的点，一般是木头或竹子。原因是在中国的菜中，油炸的菜比较多而且吃饭都是围着一个大桌子，又是用大盘子盛菜，筷子不够长不够粗，便会夹不到肉，吃不到菜，在中国，过去看一家人的筷子就知贫富。筷子越长，家产越殷实，原因很简单，大户人家吃饭菜多，筷子长了好夹住远处的菜。过去没有转盘，多好吃的菜也转不到自己的面前。

中国人向来是家族混用筷子的，非但如此，家庭成员之间更是以自己的筷子互相夹菜让菜，透出了一股浓浓的亲情。

韩国的筷子是中等长度，韩国人的筷子不是中国的圆柱体，也不是日本的上粗下细，而是扁形状的较多，一般是不锈钢制，一举筷就叮当作响。韩国筷子细小又重，所以对外国人来说是最难使用的。韩国人在餐桌上与中国人很相似，一顿饭会吃得热火朝天亲情四溢，情至浓处，又管他筷属何方。

韩国筷子早期是由黄铜、银或木头制作的，这和历史上韩国一直使用金属有关，到了现代，铁筷子具有卫生和环保作用，免掉了树木砍伐，因为材料的不同，韩国的筷子比中国和日本的筷子纤细，用手抓比较滑，控制比较困难。与中日不同，韩国人吃饭很少端碗，而是以筷撮起碗中饭进食。因为在半岛“捧碗”即“要饭”之意。

日本是崇拜中国筷子的国家，至今还保持着中国筷子古称“箸”。日本深受中国隋唐典章制度的影响，在宫廷和贵族们的宴会上，使用金属筷吃中国式的饭菜，以示尊贵。日本箸的材质，设计极为考究，平日常见的有竹、杉、桧、瑞木、紫檀、铜、铝合金、合成树脂等制成的箸；遇有节庆喜事便使用称作“嬉箸”的柳制箸，而桑制的箸则意味着延年益寿。

筷子是日本料理的必用工具。日本料理是“从筷子开始、以筷子结束”。日本的筷子短，一头是尖尖的锥形，较为锋利。由于日本筷子很短，所以很好掌控。再加上，制作筷子的木质不是很光滑，所以对外国人来说日本筷子是筷子中最方便使用的。在日本人的家庭中，每个人都有自己的用餐“专筷”，是绝不可乱用的。都是定食，也就没有了互相夹菜谦让的习惯。

日本筷子一般用料是木头或竹子，主要原因是，日本人用餐，吃鱼片等片状食物较多，一般都把饭菜汤碗全放在一个托盘上，每个人吃自己面前的一份，筷子再短也无妨，日本筷子大多上端喷有漆，短些的是妇女使用，长些的由男人使用。日本医学专家认为，儿童使用筷子还有助于智力的发展，因而使用筷子的人也越来越多。世界上消费筷子最多的国家是日本，据日本税务局公布的统计数字，每年全国共消费筷子 70 多亿双，发展至现代，愈来愈盛行一次性使用的筷子。日本还将这种普及使用筷子的新潮视为弘扬日本文化最基本的标志。日本人还将每年的 8 月 4 日定为“筷子节”。在这一天，家家户户都热热闹闹地庆祝一番。以感谢筷子一日三餐地为他们服务。日本农村在播种、插秧、收获、生日或婚嫁的喜庆的筵席上，都得要换上新筷子，以表愉悦之情。

5. 中国传统用筷

中国人使用筷子用餐是从远古流传下来的，日常生活当中对筷子的运用是非常有讲究的。

中国筷子的使用方法并不唯一。大多数人手握位置都是在靠近筷子末端的，这是为了防止夹菜的时候沾到油污，而且筷子拿得远也显得比较优雅。当然，筷子拿得靠前也便于掌控，很多刚刚学用筷子的小孩儿都拿得比较近，也有的人用筷子不顺手，拿得靠前一点以便控制。

一般在使用筷子时，使用方法讲究的是用右手执筷，大拇指和食指捏住筷子的上端，另外三个手指自然弯曲扶住筷子，并且筷子的两端一定要对齐。上面的筷子用大拇指、食指和中指控制。下面的筷子要固定，只动上面的筷子，然后夹住食物。两根筷子头部合起来，筷子尖对准，很容易就能夹起吃的东西。在用餐时，尽量用筷子尖夹取，需要时左手放在食物下方承托，避免在送到嘴之前食物滴漏。夹起食物之后，放到自己的碗中。

许多家庭买来一把筷子，直到筷子越来越少，变得破旧不堪，才会想起再到超市去买一把新的回家。而超市货柜上的筷子种类繁多，有纯竹的、彩漆的、象牙的、银质的等等。

首先，涂彩漆的筷子不要使用，因为涂料中的重金属铅以及有机溶剂苯等物质具有致癌性，而且，随着使用中的磨损，筷子上的涂料一旦脱落，随食物进入人体，会严重危害人的健康。尤其有些家庭喜欢给孩子使用颜色亮丽的彩漆筷子，孩子对铅、苯等的承受力很低，一定要避免使用；其次，塑料筷子质感较脆，受热后容易变形、熔化，产生对人体有害的物质。

在天然材质的筷子中，竹筷及木筷无毒无害，而且非常环保，还可以选择本色的筷子。但是，由于材质的原因，竹筷、木筷不容易清洗，会被病原微生物污染，所以应注意经常消毒，保持清洁。在筷子的使用中，一家人尽量不要混用筷子。混用筷子容易造成一些疾病的交叉传染。研究表明，将近一半人的体内存在有导致胃病的幽门螺旋杆菌，而这些细菌大多是通过家庭传播的，筷子就是重要的传播介质之一。因此，家里的筷子最好做到专人专用。

在餐后，清洗筷子要彻底。许多中国家庭洗筷子都不注意消毒，整把的筷子放在水龙头下搓，之后往筷子筒里一插就算洗好了。殊不知，这样筷子上很容易滋生细菌，并随食物进入人体，危害人的健康。正确的洗法应该是：用洗洁精仔细搓洗每根筷子，沥干水后，再放进筷子筒或消毒柜。筷子筒应该选择镂空、底部不积水的，并经常清洗、消毒。竹筷及木筷还要勤更换。在不少家庭中，一双筷子使用两三年是常有的事。但筷子一旦用久了，表面就不再光滑，而且经常搓洗也容易使筷子变粗糙，出现许多细小的凹槽，非常容易残留细菌。因此，竹筷及木筷最好每半年就更换一次。

6. 中国筷子的礼仪

中国人自古有崇尚礼仪、敬祖守本的道德观念和风俗习惯。筷子是中餐中最主要的进餐用具。用餐礼仪则体现了中国人的家庭教养、文化修养和个人素质。

中华传统认为，美食当前，通过一双筷子，最容易看出一个人的内在修养和家庭背景。“吃相”并不仅仅指进食的样子，也指在餐桌前的个人姿态。在《论语》中，孔子就强调饮食之礼，君子依礼而食，“食无求饱，居无求安，敏于事而慎于言”。人的一生，诱惑很多，但要对自身欲望加以节制，生活简朴而平凡，对于好的东西，不能自私自利，占为己有，要与人分享。

中国人喜欢围桌聚餐，亲朋好友围在一起共同进餐能很好地增进感情，而中国菜则为此提供了一条捷径。一道菜大家吃，我

为你夹菜，你劝我喝酒，大家其乐融融，

用餐前，筷子表面必须光滑，平直，两根筷子必须等长等粗。发放筷子时，要把筷子一双双理顺，然后平放在每个人的餐桌前；距较远时，可以请人递过去，不能随手掷在桌上。筷子通常要放在筷子架上，或整齐地放在自己的碟、盘边上。筷子使用时，要轻轻地拿起或放下，尽量不要发出响声。

在正式聚餐的场合，按长辈与晚辈，上级与下级，主人与客人，座位的排法也有所讲究。通常，座次“尚左尊东”，以“面朝大门为尊”，座位首席为地位最尊或辈分最高的人，贵宾则坐在首席的两侧。末席为最低者。如果有新客到来，无论尊卑地位，全席之人都应表示欢迎。

首席的长辈或上级未落座，其他人都不能落座，首席没动筷子其他人不能先动筷，这是对长辈或上级的尊重。绝不允许站起来夹长辈眼前的菜。吃饭时要身体端坐，不要看手机或做与聚餐无关的事，以示对长辈或朋友的尊重。

在餐桌前，不要只顾低着头吃饭，不管别人，可适时地抽空和左右的人聊几句，以调和气氛，说话声调应柔和。吃饭要用筷子夹饭送进嘴里，尽量不要用嘴靠着碗边拨饭，更不能把碗搁在桌上低头扒饭。不可夹起菜后，又放回到菜盘中，离自己远的菜就少夹一些。用餐要闭着嘴咀嚼，绝不能张大嘴或咀嚼动作过大，过频，更不能在夹起饭菜时，伸长脖子，伸着舌头用嘴去接菜；一次不要放入太多的食物进口，不然会给人留下一副贪婪的印象。不能用端碗的手将筷子夹在碗底去舀汤。夹菜时不要碰到邻座，嘴角粘有饭粒，要用餐纸或餐巾轻轻擦去，不要用舌头去舔。咀嚼饭菜，嘴里不要发出过大的“响声”。口含食物时，尽量不要与别人交谈。如果要咳嗽，打喷嚏，或离开餐桌，或用手或用手帕捂住嘴，并把头向后方转。在吃饭过程中，遇到长辈给自己夹菜时，要表示感谢。最好一次夹一种菜，并且等吃完后再夹另一道，尽量不在碗里堆太多食物，这样不但混淆了自己的味觉，也会给人以吃相不雅的印象。

筷子还有“公筷”与“私筷”之分。公用的筷子，只准用来把菜夹进碗里，而不允许放进嘴里。当遇到汤菜等一些要用到公筷的菜肴时，一定要放下自己的筷子，改用公筷来取菜，如果你想给主人或者长辈夹菜，也一定要用公筷。如果不小心把筷子碰掉在地上，可请服务员换一双。如果菜肴用筷子不容易夹住，可以用勺子来辅助一下，这样，汤汤水水的不会到处乱流，滚圆的一个丸子也不会蹦得满桌跑。夹好的菜，最好在自己的接碟中过渡一下，这样，吃相看起来不会太急切。

中国人在在长期的生活实践中，人们对使用筷子也形成了一些礼仪上的忌讳：

疑筷：忌手里拿着筷子，做旁若无人状，用筷子来回在桌子上的菜盘里巡找，不知从哪里下筷为好。

抢筷：忌在主人动筷之前，自己的筷子就先开工。忌狼吞虎咽地吞吃食物。在夹菜时，遇到自己爱吃的菜，不可筷子动作过大，在菜盘里上下乱翻。也不能一个盘子里到处夹，只能夹盘中朝着自己这个方向的菜，遇到别人也来夹菜时，需要有意谦让，谨防“筷子打架”，撞在一起。如果盘中的菜已不多，要让同桌的人先吃。

供筷：在用餐中途因故需暂时离开时，要把筷子轻轻搁在桌子上或餐碟边，不能插在饭碗里。这会被人视为大不敬。中国从很古的时候起，就有以食品祭祖的风俗，祭祖时，考虑到死者和活人不一样，活人用筷子进食很方便，而死人已脱离躯壳，不再能自如地使用筷子，因此，祭品的碗盆上面才竖插筷子，而平常生活中如果将筷子竖插在碗或盆上，是犯了忌讳。

惊筷：在等待就餐时，忌把筷子当道具，用筷子敲打碗盏或茶杯。或随便将筷子在桌上拍响，这种敲打碗盆的行为称为“讨饭筷”，在古时候常被看作是行乞。还有一种说法是有所企图的信号。

吸筷：忌把筷子的一端含在嘴里，用嘴来回去嘬，并不时地发出咝咝声响。这种做法被视为一种失礼的行为。

短筷：在用餐前或用餐过程当中，将筷子长短不齐的放在桌子上。这种做法被视为不吉，通常人们管它叫“三长两短”。其意思是代表“死亡”。因为中国人过去认为人死以后是要装进棺材的，在人装进去以后，还没有盖棺材盖的时候，棺材的组成部分是前后两块短木板，两旁加底部共三块长木板，五块木板合在一起做成的棺材正好是三长两短。

连筷：夹取食物，特别是花生、蚕豆、黄豆……这些颗粒状的食品，连续不停地夹吃，旁若无人，被视为失礼的行为。一般来说，同一道菜不能连夹三次以上。

脏筷：忌手里拿着筷子在菜盘里不住地扒拉，以求寻找猎物，就像刨食一般。

指筷：这种拿筷子的方法是，用大拇指和中指、无名指、小指捏住筷子，而食指伸出。有的地方称这种持筷方式是“骂街”，因为在吃饭时食指伸出，总在不停的指别人，而人一般伸出食指去指对方时，大都带有指责的意思。还有一种情况也是这种意思，即在用餐中，同他人交谈并把筷子戳到别人面前，这样做是失礼的行为。

泪筷：实际上这是用筷子往自己盘子里夹菜时，手里不利落，将菜汤流落到其他菜里或桌子上。这种做法被视为严重失礼。

倒筷：忌用餐时将筷子颠倒使用，正所谓饥不择食，将筷子使倒。

舞筷：在说话时，忌把筷子当作刀具，在餐桌上乱舞。

刺筷：在用餐时用一只筷子去插盘子里的菜品，或用筷子当叉子，扎着夹，这是被认为对同桌用餐人员的一种羞辱。

横筷：这表示用餐完毕，客人和晚辈不能先横筷子。

别筷：筷子交叉放在桌上，中国民间认为，在饭桌上打叉，是对同桌其他人的全部否定，因为过去吃官司画供时才打叉。

拉筷：忌拿筷子撕扯肉类菜，正嚼着的东西不能拿筷子往外撕，或者当牙签。

粘筷：筷子上还粘着东西时不能夹别的菜。

斜筷：吃菜要注意吃自己面前的菜，不要吃得太远，不要斜着伸筷夹菜。

分筷：摆筷子，不要分放在餐具左右，只有在吃绝交饭时才这样摆。

以上所说的筷子的禁忌，是人们日常生活当中所应当注意的，只要多一些尊重和细心，用餐心情会更加愉快和谐。作为一个礼仪之邦，通过对一双小小筷子的用法，就能够让人们看到它那深厚的文化积淀。